REFLETS CROISES
L'ÉCHO DES SIÈCLES

© Joël Meyniel, 2025
Édition :
BoD · Books on Demand,
31 avenue Saint-Rémy, 57600 Forbach,
bod@bod.fr
Impression :
Libri Plureos GmbH,
Friedensallee 273, 22763 Hamburg
(Allemagne)

ISBN : 978-2-3225-5883-4
Dépôt légal : Avril 2025

REFLETS CROISES
L'ÉCHO DES SIÈCLES

JOEL MEYNIEL

DU MÊME AUTEUR

Chez BoD

Brochés et E. Books

Chroniques criminelles.

Pèlerinage mortel,
Chroniques criminelles I, Paris 2016.
Meurtres en trompe-l'œil,
Chroniques criminelles II, Paris 2017.
L'abbaye maudite,
Chroniques criminelles III, Paris 2018.
Espion de Charles VI,
Chroniques criminelles IV, Paris 2020.
Les fleurs du sel,
Chroniques criminelles V, Paris 2021.
La malepeur,
Chroniques criminelles VI, paris 2023.
Les Réssusciteurs,
Chroniques criminelles VII, Paris 2024.

Romans.

Et pourtant, un jour... Paris 2024.
Ombres et Lumières de Florence, Paris, 2024.
La mégessa de l'Algarve, Paris, 2025.

Contes.

L'arbre aux mille contes, Paris, 20:

Histoire

Mourir ou rester debout, Paris, 2016.
Le symbolisme dans l'archerie, Paris, 2018.

E. Books

Le symbolisme dans l'Archerie, Paris 2017.
Les Archers du roi, Paris, 2017.
De l'arc au canon, Paris, 2017.
L'émancipation féminine au XVIIIe siècle, Paris, 2017.

Chez ÉMOTION PRIMITIVE
Le symbolisme dans l'Archerie, Paris 2022.
(Édition revue et augmentée).

Chez THE BOOKEDITION

Sur la voie de Tours, Paris 2024.
L'ire divine, Paris 2024.
Rester debout, Paris 2024.

Chaque légende, chaque nouvelle est une illusion.

Le propre de la nouvelle est de nourrir l'esprit et donner une autre forme à la liberté.

En France, l'art de raconter des nouvelles prend naissance au Moyen Âge.

Il s'ajoute, et en partie se substitue à une multitude de récits brefs : fabliaux, lais, dits, devis, contes.

Les nouvelles sont d'abord de petites histoires anonymes distribuées gratuitement dans la rue, et qui se distinguent en deux groupes : les *exemplums*, qui sont des récits religieux prêchant la morale et les dons à l'Église, et les « canards », racontant des faits divers comme des vols, des tromperies, ou des meurtres. Ces derniers ont donné aujourd'hui le mot argotique désignant le journal, qui lui-même rapporte des faits divers. Directement inspiré du Décaméron de Boccace, le premier recueil de nouvelles

Françaises[1], anonyme, fut publié sous le titre :

« *Cent nouvelles, nouvelles* ».

Il est probablement paru entre 1 430 et 1470.

Le XVIe siècle verra le véritable essor du genre.

---

[1] 1349-1353.

— *É*coutez… Ce crépitement.
C'est un feu qui pétille dans une chemin
Et cette voix, grave et mystérieuse, c'est
d'un conteur qui vous parle.

Êtes, vous là ?
Êtes-vous bien avec moi ?
Parfait !
Alors, installez-vous confortablement.

Ce soir, je vais vous emmener dans des
univers hors du commun, là où le réel et
l'imaginaire se croisent.

Êtes-vous prêts ?
Alors, suivez-moi.

Fermez les yeux, imaginez la scène…
Je vais vous aider.
Je vous la décris.

I

LES LARMES DU DNIEPR

1 223.

La principauté de Kiev, connue sous le nom de « Rus' » ou de « Rous », était parfois désignée comme l'« État de Kiev », la « Russie ukrainienne » ou encore la « Ruthénie ».
Cette principauté slave orientale exista du milieu du IXe jusqu'au XIIIe.
Des incursions mongoles menaçaient ses terres.
Elle s'est finalement désintégrée en une multitude de principautés avant de disparaître formellement du fait de l'invasion mongole de la Rus' de Kiev, qui commença en 1 223 et entraîna la disparition de la principauté en 1240.
La Rus' était la plus ancienne entité politique commune à l'histoire des trois États slaves orientaux modernes : Biélorussie, Russie et Ukraine.

Dans un village paisible, près du fleuve Dniepr, vit Kateryna, une jeune femme au regard vif et à la chevelure châtain bouclée qui tombe pour ainsi dire jusqu'à ses épaules. Ses longues mèches reflètent des éclats lumineux, soulignant ainsi le charme de son étroit nez fin.

Kateryna, issue d'une famille modeste, est destinée à épouser Danylo, un jeune soldat rempli de passion et d'idéaux.

Tout semblait indiquer qu'elle allait vivre heureuse.

La guerre représente, certes, une menace, mais elle n'en fait pas grand cas.

Elle vit une histoire d'amour parfaite avec Danylo.

L'invasion mongole entraîna la destruction de nombreuses cités, dont Riazan, Kolomna et Kiev.

Elle s'explique par le soutien, puis par le refuge offert par les princes russes aux Coumans, également appelés Kipchak, qui refusent la soumission aux Mongols, alors que ces derniers souhaitent unifier sous leur contrôle tous les peuples nomades de la steppe.

Pour contrer cette invasion, les seigneurs locaux ont demandé l'aide de leurs vassaux et de leurs sujets pour protéger leur terre.

Le fil du temps.

Devant l'obligation pour Danylo de s'engager dans l'armée de son prince, Kateryna est prise entre l'orgueil de le voir répondre à l'appel et à la crainte de le perdre.

La veille de son départ, Kateryna se rend sur les rives du Dniepr, un lieu où ils avaient partagé leurs instants les plus précieux.
Ses larmes débordent, reflétant ses appréhensions et ses aspirations.
L'hiver s'était étiré, mais, finalement, l'été est arrivé.
L'atmosphère est épaisse, tangible, presque moite…
Le vent bat l'air, émettant des carillons de cloches et des murmures lointains, mais, cette fois-ci, il semble divergent.
Kateryna, insensible à son entourage, se sent envahie par une tristesse profonde.

Elle reste immobile, les yeux baignés de larmes, priant la rivière, source de vie éternelle.

On considère le Dniepr comme un fleuve sacré, associé à la déesse Dniprova Rusalky, les esprits des eaux.

Kateryna espère voir le fleuve écouter ses supplications et qu'il emportera ses larmes.

1237 — Riazan.

Le vent hurle dans les ruelles de la cité en flammes. Riazan tombe sous les assauts mongols, mais Kateryna et Danylo n'ont plus le choix d'avoir peur.

Les flammes lèchent les toits de Riazan, projetant des ombres mouvantes sur les murs tremblants. La terre tremble sous le pas des chevaux mongols. La cité meurt sous l'assaut mongol.

Kateryna pleure.

Elle sait qu'elle ne survivra peut-être pas à cette nuit, mais Danylo, lui, doit vivre.

Soudain, une voix tendre et assurée la fait sortir de son chagrin.

Elle fait volte-face.

Devant elle se tient une femme d'un certain âge.

C'est la sage-femme guérisseuse païenne qu'on accuse d'être une « volhv », une sorcière, selon le clergé.

— Entendez-vous un sifflement ?

— Je présume que c'est juste, le vent.

— Ce n'est pas le vent, je vous assure. C'est quelque chose qui approche. Écoutez...

C'est cela qui te fait pleurer ?

— Oui.

— Dites-moi pourquoi vous êtes si abattue.

Malgré des accusations contre elle, les gens la respectent pour sa profonde connaissance.
Elle écoute attentivement son récit.

La guérisseuse pose une main sur l'épaule de Kateryna avant de glisser deux amulettes dans sa paume.
L'une est pour elle, et elle doit donner l'autre à Danylo pour qu'il la porte en protection contre les esprits malveillants.
Ces amulettes, légèrement ternies par le temps, mais encore brillantes sous la lumière, se présentent comme de petits disques en argent.
Des signes ancestraux et des glyphes protecteurs sont minutieusement sculptés à la main sur ces objets, créant des motifs complexes et entrelacés.
Au cœur se trouve une étoile à six branches, un symbole de protection contre le mal et d'harmonie entre les forces célestes et terrestres.

Tout autour, des runes serviles invoquent la bénédiction de Perun, le dieu de la guerre et du tonnerre, et la force des ancêtres.

À l'arrière, on voit des signes païens pour éloigner les esprits impurs et attirer la puissance, ainsi qu'une petite croix chrétienne, discrètement ajoutée par la guérisseuse, symbolisant sa foi en Dieu et son espoir de rédemption.

Chacune, accrochée par un solide cordon en cuir, est nouée avec des fils rouges, symbole de la vie.

— Elles sont liées, affirme-t-elle. *Ce qui est séparé se retrouvera. Un fil invisible les unit à travers le temps. Quand l'une se trouve en danger, l'autre résonne. Quand l'une est perdue, l'autre la cherche.*
Deux âmes, un fil, une promesse.
Ses yeux clairs semblaient voir au-delà du présent.

— *Ce qui est perdu n'est jamais vraiment oublié. Porte-la. Lui aussi devra la porter.*
Kateryna n'a pas posé de questions.
Elle l'a simplement glissée autour de son cou.

Avant le départ de Danylo, les villageois ont organisé une fête. Ils ont combiné des rites païens et des prières chrétiennes, en mélangeant des chants et des offrandes au fleuve pour le protéger.

Les villageois dansent en cercle autour des flammes, invoquant la protection de Mokosh, déesse de la fécondité et de la terre, tout en chantant des hymnes religieux à la Sainte-Mère. Cette dualité reflète l'héritage spirituel complexe du village.

Avant de donner une des amulettes à Danylo, Kateryna murmure une prière combinant une invocation au dieu du tonnerre et des guerriers, Perun, pour qu'il le protège sur le champ de bataille, ainsi qu'une supplique chrétienne pour que son âme soit sauve.

— Danylo, voici un talisman qui contient l'affection de mes aïeux ainsi que ma foi en ta personne. Garde-le près de ton cœur et elle te ramènera vers moi.

Je porterai continuellement la même chose pour que nos cœurs demeurent constamment liés.

Reviens-moi, murmura-t-elle.

Il l'embrasse une dernière fois, le goût du sel et de la cendre sur leurs lèvres.

Danylo lui a souri en nouant l'amulette à son cou. Puis il s'est retourné et il s'est fondu dans l'obscurité d'une guerre dont ils connaissent déjà l'issue.

Elle ne le revit jamais.

Pour Danylo, l'amulette représentait un talisman précieux, une source de réconfort dans les moments délicats et une promesse de retrouver Kateryna, peu importe les circonstances.

Plus tard, elle rencontre de nouveau la guérisseuse.

Cette dernière a pris la décision de lui enseigner l'usage des plantes, comme le millepertuis, connu sous le nom d'« herbe de Perun », ainsi que les rituels pour bénir les blessés. Elle lui apprend également à combiner des prières chrétiennes avec des incantations païennes pour guérir les corps et apaiser les âmes.

Pendant cette période d'attente, elle reste dans le village, où circulent des rumeurs et des bribes d'informations sur les combats en cours.

Kateryna décide de s'associer avec le prêtre du village pour soigner les soldats blessés de retour du front.

Cependant, le prêtre est farouchement opposé aux rites païens que les villageois continuent de pratiquer.

Il réprimande Kateryna lorsqu'il aperçoit son amulette, l'affublant du qualificatif maléfique : « grigri diabolique ».

À cette époque médiévale, la Russie de Kiev se trouve à la croisée de deux influences religieuses : le polythéisme traditionnel et l'expansion du christianisme orthodoxe, promu par les dirigeants et les ecclésiastiques.

Les croyances païennes, telles que les cultes dédiés aux éléments naturels, les divinités servantes et les pratiques occultes, continuent de marquer profondément la vie des paysans, en dépit des tentatives de l'Église orthodoxe pour les éliminer.

Kateryna poursuit, quant à elle, d'utiliser les symboles et les savoirs ancestraux, persuadés que la force réside dans l'équilibre entre tradition et foi.

Les récits des survivants se révèlent sombres, et l'angoisse concernant le sort de Danylo devint insupportable.

Les divinités ancestrales, telles que Svarog, dieu du feu et du forgeron, et Mokosh, font régulièrement leur apparition dans les rêves de Kateryna, qui interprète ces présages sur le destin de Danylo.

Le prêtre du village décrypte les rêves païens de Kateryna comme des signes de Dieu, révélant ainsi l'influence persistante des croyances ancestrales.

Dans une scène glaçante où elle voit le fleuve Dniepr couler dans des plaines rougies de sang, Kateryna prend la décision de quitter son village et de rejoindre l'armée, là où se trouve Danylo.

Kateryna voyage dans des zones affectées par le conflit, rencontrant des personnes déplacées, des hors-la-loi et des membres de la noblesse déçus.

Elle découvre progressivement l'horreur de la guerre et les sacrifices que les soldats accomplissent pour protéger leur famille.

Elle réalise que la guerre ne se résume pas aux affrontements sur le terrain, qu'elle est aussi ancrée dans les esprits. Le courage de guérir revêt une importance tout aussi cruciale que celui de se battre.

Kateryna est parvenue au camp. Danylo a été grièvement blessé dans une embuscade.

Kateryna concocte des décoctions à partir de plantes sacrées et dessine des symboles protecteurs sur les pansements. Sa prière combine des requêtes adressées à Dieu et un appel à Perun.

Grâce aux nouvelles compétences qu'elle a acquises, elle parvient à le sauver.

Toutefois, les atrocités qu'il a endurées ont profondément marqué Danylo.

Après leur retour dans le village, Kateryna et Danylo reconstruisent leur existence, non pas comme avant, mais avec une nouvelle appréciation de la fragilité et de la valeur de la paix.

Kateryna devient une figure respectée en combinant les connaissances païennes et chrétiennes pour guérir les malades. Elle incarne l'espoir d'unir des courants de pensée souvent opposés.

Danylo, quant à lui, est paralysé. Il a perdu l'usage de ses jambes.

Le Dniepr, muet témoin de leurs épreuves, continue de couler, emportant avec lui les souvenirs d'une époque tumultueuse.

Le cours d'eau a toujours constitué le lien central dans leur récit. Il incarne également l'unité entre les différentes époques et convictions.

Kateryna le perçoit comme un ambassadeur céleste, portant ses supplications.

Lorsqu'elle a traversé le Dniepr pour rejoindre Danylo, elle avait entrepris une sorte de pèlerinage, symbolisant son cheminement spirituel.

En sauvant Danylo, elle est parvenue à persuader le prêtre du village que certaines coutumes ne contredisent pas la religion chrétienne.

En mourant dans l'incendie de sa ville, Kateryna sentit l'amulette chauffer contre sa peau, comme si elle portait encore la trace d'une main aimée.

Juste avant que tout ne s'éteigne, elle sentit une force étrange s'y imprimer, comme si son dernier souffle y était enfermé.

Cette entente représente l'unité et la capacité de résister à l'invasion mongole.

Kateryna l'ignore, mais elle est devenue un symbole, un pont entre deux mondes.

Mais de quels mondes ?

2023 — Kiev
Guerre d'Ukraine.

Cette guerre, appelée « guerre d'Ukraine », est un conflit lourd de conséquences militaires et diplomatiques, qui oppose l'Ukraine, d'une part, à la Russie alliée aux forces séparatistes ukrainiennes, pro-russes, d'autre part.

Elle a commencé en février 2014, à la suite de la révolution ukrainienne, et s'est initialement concentrée sur le statut de la Crimée et de certaines parties du Donbass reconnues comme faisant partie de l'Ukraine par toutes les instances internationales.

Pendant les huit premières années, la Russie a annexé la Crimée.

Puis, ce fut la guerre du Donbass entre l'Ukraine et les séparatistes ukrainiens, militairement qui étaient soutenus par la Russie, ainsi que des incidents navals, la cyberguerre et des tensions politiques.

À la suite de la crise diplomatique russo-ukrainienne de 2021-2022, le conflit s'est considérablement étendu.

Le 24 février 2022, tôt, le matin, la Russie a envahi l'Ukraine.

Elle a ainsi, de facto, ajouté à son territoire les oblasts de Louhansk, de Donetsk, de Zaporijjia et de Kherson, qui se trouvent le long de la frontière russo-ukrainienne.

À la suite de la seconde bataille de Kherson et l'offensive de Kharkiv de septembre 2022, les combats sur les lignes de front stagnent largement, se concentrant jusqu'au mois de juin 2023 autour de la ville de Bakhmout.

Les forces armées ukrainiennes ont repris la ville de Kherson il y a un an, et la vie quotidienne n'a pas encore retrouvé son cours ordinaire.

De l'autre côté du fleuve Dniepr, l'armée russe renforce ses bombardements sur la ville.

En février 2023, les responsables ukrainiens et occidentaux commencent à planifier une éventuelle contre-offensive au printemps, tandis que les troupes ukrainiennes reçoivent une formation militaire de l'OTAN et que les livraisons d'équipements

Sur le front de Zaporijjia, à partir du 3 juin, la 37e brigade de marine ukrainienne s'engage dans une action offensive lente, mais cohérente autour de la commune de première ligne de Novodonetske dans l'oblast de Donetsk. Sans soutien blindé, les marines ont pu repousser le régiment Vostok de la milice populaire de la DNR, principalement grâce à l'utilisation de l'artillerie. L'avancée ukrainienne a été, en outre, facilitée par l'utilisation de véhicules blindés de transport de troupes (APC) pour transporter rapidement les marines vers le front, puis par leur retrait hors de portée de l'artillerie russe.

Le 3 juin 2023, Volodymyr Zelensky, le président de l'Ukraine, déclare que l'Ukraine est prête à lancer la contre-offensive. Les forces ukrainiennes lors de l'invasion de l'Ukraine par la Russie. Ces efforts sont déployés dans plusieurs directions, notamment dans l'oblast de Donetsk et l'oblast de Zaporijjia.

Le bien-aimé d'Yvanna est parti durant l'assaut au nord sur les villes de Tchernihiv, Soumy, Hloukhiv et Slavoutytch.
Depuis, elle n'a plus eu de ses nouvelles.

L'offensive du nord de l'Ukraine est l'un des théâtres militaires lors de l'invasion pour le contrôle de la partie nord-est du territoire ukrainien, frontalière avec la Russie.

Les Forces armées russes ont pénétré dans l'oblast de Soumy dès le premier jour de l'invasion. Des combats ont lieu notamment pour le contrôle des deux principales villes de l'oblast lors des batailles de Konotop et la bataille de Soumy, défendues par les Forces armées ukrainiennes.

Mars 2022, une partie des forces russes poursuit l'offensive vers l'ouest, dans le but apparent de rejoindre l'offensive de Kiev, qui a été fortement ralentie par la résistance ukrainienne et n'est pas parvenue à prendre le contrôle de la capitale.

Malgré le danger, Rostislav Derjypilsky choisit cette ville pour tourner un film célébrant la victoire de l'invasion mongole de la Rus' de Kiev et la vie d'une jeune femme, Kateryna, et de son fiancé Danylo.

Elle est devenue une icône de bravoure et de légende dans son pays.

Compte tenu de la gravité de la situation, les Ukrainiens ont besoin d'une source d'inspiration, d'un symbole puissant pour les encourager.

C'est l'actrice ukrainienne Yvanna Sakhno, âgée de 27 ans, qui a été choisie pour incarner ce personnage.

Yvanna s'est entièrement consacrée à ce tournage, le vivant avec passion.

Ses émotions sont étroitement liées à celles de son personnage, et cela s'explique par de solides raisons.

Vlad Vlasenko, l'être aimé de son cœur, s'est engagé dans la lutte contre les Russes.

Le tournage du film est terminé, et elle peine encore à se détacher du rôle de Kateryna.

Elle a joué Kateryna avec une intensité troublante, récitant des paroles qu'elle a l'impression d'avoir déjà prononcées quelque part, dans un rêve ou une autre vie.

De retour dans sa loge, elle s'assoit, encore vêtue du costume d'époque.

Yvanna se contemple dans le miroir de sa loge.

Qui est-elle véritablement ?

Elle est convaincue d'avoir excellé dans son interprétation de Kateryna, mais, étrangement, cette performance l'a profondément émue.

La dernière scène terminée, Yvanna avait senti encore le poids des mots de Kateryna résonner en elle.

Elle ressent une vague gêne, ne parvenant pas à l'expliquer.

Elle se croyait plus résistante.

Son intuition semble presque irréelle, comme si elle provenait de quelque chose de surnaturel.

Pourtant, devant sa glace, elle ne parvient pas à se défaire de cette idée.

Elle frissonne.

Un technicien du plateau, plutôt du genre réservé, vient la trouver et l'informe qu'un militaire lui a prié de lui donner ce paquet...

Son cœur se met à battre plus vite.

Qu'était-elle tenue d'en conclure ?

Yvanna referme la porte derrière elle, son cœur battant plus fort qu'à l'accoutumée.

Le petit paquet, usé par le voyage, est recouvert d'une écriture qu'elle connaît entre mille.

À remettre à mademoiselle Yvanna Sakhno, actrice à Kiev dans le cas où...

Yvanna ouvrit le paquet avec un sourire fatigué.

Les doigts tremblants, elle le porte jusqu'à la table, le pose délicatement comme si elle tenait une chose fragile, précieuse.

Il vient de lui.

De l'autre côté du pays, là où les obus trouent le ciel et où la vie ne tient qu'à un souffle.

Elle inspire profondément et défait posément la ficelle. À l'intérieur, une lettre soigneusement pliée repose sur un tissu qu'elle reconnaît aussitôt : un morceau de son écharpe, celle qu'il portait autour du cou lorsqu'il est parti.

Les mots dansent sous ses yeux embués :

« Ma Yvanna,

Chaque jour, je pense à toi. Chaque instant loin de toi me paraît une éternité. Je t'écris ces mots entre deux silences, quand le monde se tait un instant, avant que la guerre ne reprenne son vacarme infernal. Ce bout d'écharpe, c'est un morceau de nous, un souvenir de ton parfum que je garde contre moi dans le froid. Il m'a porté chance jusque-

là. À toi, maintenant, de le garder jusqu'à mon retour. »

Ses doigts effleurent l'écharpe, avant de la saisir et de la presser le tissu contre son visage, inspirant profondément.

Yvanna, il sent la cendre, la terre et un soupçon de lui. Elle ferme les yeux un instant, priant silencieusement pour que ce retour, dont il parle, ne demeure pas qu'un simple espoir suspendu au fil incertain du destin.

Puis elle remarque qu'à l'intérieur, un autre objet emballé est là.

Elle l'extirpe de son empaquetage et trouve..., un petit disque en argent.

Des signes ancestraux et des glyphes protecteurs sont minutieusement sculptés à la main sur ces objets, créant des motifs complexes et entrelacés.

Au cœur se trouve une étoile à six branches, un symbole de protection contre le mal et d'harmonie entre les forces célestes et terrestres.

Tout autour, des runes serviles invoquent la bénédiction de Perun, le dieu de la guerre et du tonnerre, et la force des ancêtres.

À l'arrière, on peut voir des signes païens pour éloigner les esprits impurs et attirer la puissance, ainsi qu'une petite croix chrétienne, discrètement ajoutée par la guérisseuse, symbolisant sa foi en Dieu et son espoir de rédemption.
Un solide lacet en cuir, orné de fils rouges, symbole de la vitalité, que quelqu'un a manifestement arraché.

L'amulette.
Son cœur manqua un battement.
C'était impossible. Elle la connaissait.
Elle l'avait vue avant.
Non, pas vue. Portée.
C'était celle du film.
Non.
Ce n'était pas une réplique. L'usure de la pierre, la patine du temps... Elle était ancienne. Authentique.

C'était... la sienne.

Une image s'impose à son esprit : une cité en flammes, un amour perdu, un dernier regard échangé sous un ciel rouge de cendres.
Un vertige la saisit.
Son souffle se fait court.

Le miroir de la loge lui renvoie son reflet, mais, juste une seconde, ce ne fut plus son propre regard qu'elle croisa.

C'étaient d'autres yeux.

Des yeux d'un autre temps.

Comment cet objet, vieux de huit siècles, pouvait-il se retrouver là, dans ce paquet venu du front, dans une guerre qui semblait faire écho à une autre ?

Et surtout... que signifie cette coïncidence ?

Elle se redresse brusquement. L'amulette brûle dans sa main, comme si elle contenait une énergie ancienne, un serment non accompli.

Et alors, elle comprit.

Le film représentait plus que juste un rôle.

C'était une mémoire qui cherchait à revivre.

Une promesse qui demandait à être tenue.

Le passé et le présent se répondaient, s'entremêlaient.

Et elle, Yvanna n'était peut-être pas une simple actrice, mais le dernier écho d'une âme qui attendait depuis huit siècles qu'on renoue le fil.

Un frisson lui parcourt l'échine. Une onde étrange se propage dans son corps.

Elle serre l'amulette et, soudain, une douleur fulgurante lui traverse la tête. Son regard se brouille.

Et elle vit.

Elle vit une ville en flammes. Un homme en armure, le visage couvert de sang et de cendres.

Il criait un nom.

Elle veut lui répondre, mais un hurlement de douleur lui déchire la poitrine.

Elle se vit elle-même... non, pas elle. Kateryna.

Elle mourait, ses doigts crispés sur son amulette brûlante.

Puis tout s'effaça.

Yvanna reprend son souffle en haletant, les mains tremblantes. L'amulette vibre encore.

Elle avait vécu ça.

Ou plutôt... Kateryna l'avait vécu.

Le fil du temps était intact.

Elle regarde son reflet dans le miroir et, cette fois, elle le voit clairement.

Derrière ses propres traits, une autre femme la regarde.

Kateryna.

Et, quelque part, peut-être que Danylo attend encore.

L'amulette constitue plus qu'un simple souvenir.

C'est un pont.

Une promesse non accomplie.

Et maintenant, Yvanna sait qu'elle doit comprendre pourquoi elle l'a reçue aujourd'hui.

Cela ne pouvait vouloir dire qu'une chose.

Vlad est mort.

Elle éprouve des difficultés à maîtriser ses émotions et à garder son calme.

Le tournage de la scène s'était avéré intense, stressant et épuisant sur le plan émotionnel.

Mais là, nous ne parlons plus de cinéma, mais de la réalité. Personne ne dira dans quelques instants : « coupez ».

Ses membres sont tendus et ses mains tremblent.

C'est insoutenable.

Cela éveille en elle des souvenirs douloureux, mais elle préfère les garder pour elle.

Verser quelques larmes l'aiderait à apaiser sa souffrance.

Mais elle ne le peut pas.

Elle est contrainte de faire une pause pour se recentrer et se reconnecter avec le monde qui l'entoure.

Elle est dans l'obligation de bouger, que ce soit en marchant ou en faisant des gestes nerveux, pour dissiper l'énergie accumulée.

Elle a coutume de retenir ses émotions, les gardant secrètes non seulement pour le réalisateur, mais aussi pour le reste de l'équipe.

Elle songe à son rôle dans la scène où elle jouait sa propre image, ainsi qu'à son impact sur sa manière de se percevoir.

Elle a l'impression confuse d'être devenue un lien entre deux univers.

Elle perçoit une réconciliation représentant l'unité et la résilience face à l'invasion russe, tout comme Kateryna lors d'une autre incursion.

Elle s'efforce de ne pas laisser ses expériences passées, y compris les épreuves rudes, influencer sa démarche.

Ses réactions se prévoient facilement, et elle les accepte.

Elle doit rester ferme.

Ces retours font partie intégrante du processus créatif. Ils mettent de plus en évidence l'importance de bien gérer ses émotions dans ce contexte.

La vie représente un défi de foi et de courage pour le peuple ukrainien. Il est tenu de faire preuve de bravoure.

Rappelez-vous cette anecdote...

Sachez qu'un acte de bonté, une parole sincère ou une détermination inflexible peuvent allumer une flamme d'espoir, même dans les situations les plus sombres.
Les liens qui émanent de la dévotion et du respect peuvent traverser les pires épreuves tant qu'ils sont cultivés.

Par conséquent, ayez continuellement confiance en l'avenir et en la puissance des cœurs authentiques.

II

ANOMALIE DU TEMPOREL.

Paris 1830.

Une ville en transition.

Paris est en pleine mutation, à la croisée des influences de l'Ancien Régime et des nouvelles aspirations de la Révolution industrielle.

C'est une ville bouillonnante, tiraillée entre tradition et modernité, entre soulèvements populaires et essor économique.

Paris possède encore des quartiers qui ont conservé leur aspect médiéval, notamment ceux situés autour de l'île de la Cité et du Marais, avec leurs rues étroites, sinueuses et mal pavées.

Cependant, des boulevards plus larges, comme le boulevard des Italiens ou le boulevard du Temple, commencent à structurer la ville.

La place de la Concorde, les quais de la Seine et les jardins du Palais-Royal sont des lieux prisés par la bourgeoisie pour leurs promenades.
Le pont des Arts, le premier pont en fer de la ville, témoigne de la modernisation progressive des infrastructures.
Dans la ville où cohabitent différentes classes sociales.
L'aristocratie et la haute bourgeoisie vivent dans des hôtels particuliers du Faubourg Saint-Germain et du Marais. La bourgeoisie d'affaires s'installe autour du boulevard des Italiens, profitant de la prospérité économique. Le petit peuple et les ouvriers s'entassent dans les quartiers populaires, comme Belleville, Montmartre ou le faubourg Saint-Antoine restent insalubres et densément peuplés, où les conditions de vie se révèlent difficiles.
Avec environ 750 000 habitants, la capitale française est un centre politique, économique et culturel bouillonnant, marqué par des contrastes saisissants entre modernité et vestiges du passé.

Cette année-là, en 1830, la France connaît une époque tumultueuse.
Elle est témoin d'événements révolutionnaires majeurs.
Après quinze ans de Restauration monarchique sous Louis XVIII et Charles X, les Trois Glorieuses[2] aboutissent à l'abdication de Charles X et à l'accession au trône de Louis-Philippe Ier, inaugurant la monarchie de Juillet.

À partir de 1830, la ville est le théâtre d'affrontements entre révolutionnaires et troupes royales. Les émeutes ont généré des protagonistes privilégiés : l'ouvrier en blouse, le boutiquier, le gamin des rues, le garde national, qui se range tantôt du côté des insurgés, tantôt du côté de l'ordre, l'armée et les ruraux qui rentrent dans la capitale pour écraser l'insurrection.
La Commune de Paris occupe une place particulière dans cette histoire.
C'est la plus importante des communes protestataires.

---

[2] 27—29 juillet 1830.

Elle dura soixante-douze jours, du 18 mars 1871.

Avec un épisode particulièrement dramatique, la « Semaine sanglante » du 21 au 28 mai 1871.

Elle constitue la dernière insurrection jacobine du XIXe siècle. Mais, si elle a toujours pour cadre la rue et la barricade, une catégorie d'acteurs qui devrait normalement rester à l'écart du jeu politique et social s'intègre au mouvement : les enfants.

Il convient de rester très prudent sur cette participation des enfants, et devrait-on ajouter immédiatement, des adolescents à la Commune.

La pauvreté des sources d'archives comparée à l'épaisseur des témoignages d'ordre littéraire et journalistique donne à penser que bien des questions resteront sans doute sans réponses.

Aucun de ceux qui ont combattu n'a laissé, jusqu'à preuve du contraire, de récit de son « aventure ».

Les témoignages, pas toujours de première main, constituent donc des regards d'adultes, d'hommes et de femmes sur des classes d'âge dont ils ont une perception apparemment confuse.

Qui est un enfant, à cette époque ?

Qui est un adolescent, à cette époque ?

Toutefois, compte tenu du nombre d'évocations de leur présence et de leurs actes, les ignorer s'avère difficile.

Aussi, sinon une preuve, du moins une occurrence.

1871. Semaine sanglante.
Dimanche 21 mai.

En ce dimanche après-midi, les troupes versaillaises du général Douay pilonnent et assiègent le saillant que forme le rempart du Point du jour.

Jules Ducatel, alors simple piqueur des Ponts et Chaussées, monte sur le bastion « 64 », entre la porte d'Auteuil qui est barricadée et la porte de Saint-Cloud, pour les avertir que ce point n'est plus gardé et que la voie est libre.

Les versaillais occupent les fortifications d'où ils échangent quelques coups de feu, puis le terrain jusqu'à la ligne de chemin de fer de petite ceinture.

Le Conseil de la Commune, qui est en train de juger Cluseret, n'envoie aucun renfort, malgré la demande formulée par le commandant du secteur, Dombrowski

Le Comité de salut public dépêche un observateur qui est fait prisonnier par les versaillais, occupant Auteuil et Passy.

Ils fouillent systématiquement les maisons, et procèdent à des arrestations, sur dénonciations.

Ils commencent à fusiller les Gardes nationaux du secteur qui conduit au cimetière de Longchamp, à la lisière du bois de Boulogne, dominant l'hippodrome.

Femmes, enfants, malades, vieillards sont assassinés dans les hôpitaux.

Au même moment se déroule la dernière réunion du Conseil de la Commune.

En fin de soirée, un concert a lieu au Louvre au bénéfice des « veuves et orphelins ».

Lundi 22 mai.

Au matin, les versaillais occupent les 15e et 16e arrondissements, les portes d'Auteuil, de Passy, de sèvres et de Versailles.

Ils installent de l'artillerie sur la colline de Chaillot et à l'Étoile. Le reste de Paris apprend enfin la nouvelle par une affiche signée de Charles Delescluze, délégué à La Guerre.

À la suite de cette proclamation, une grande partie des combattants de la Commune se replient alors dans leur quartier pour le défendre.

Ils abandonnent toute lutte coordonnée.

Des barricades sont édifiées au square Saint-Jacques, dans les rues Auber, de Châteaudun, du Faubourg Montmartre, de Notre-Dame-de-Lorette, à la Trinité, à La Chapelle, à la Bastille, aux Buttes Chaumont, au boulevard Saint-Michel, au Panthéon...

Des combats ont lieu place de Clichy et aux Batignolles.

Les Allemands autorisent les versaillais à traverser la zone neutre au nord de Paris, ce qui leur permet de prendre les Batignolles à revers.

En fin de journée, les versaillais occupent l'Élysée, la gare Saint-Lazare, l'École militaire, où sont stationnés les canons de la Commune.

Leur progression est lente, dans ces quartiers qui leur sont acquis, car il semble que les officiers freinent leurs soldats pour faire monter la tension et procéder à des exécutions sommaires, en particulier dans la caserne de la rue de Babylone.

Mardi 23 mai.

Le Comité de salut public et le Comité central de la Garde nationale font placarder, à l'attention des soldats versaillais, des appels à la fraternisation.
En vain.
Les hostilités cessent aux Batignolles malgré les efforts des troupes commandées par Benoît Malon.
La butte Montmartre tombe pratiquement sans combat du fait de la désorganisation.
Quarante-deux hommes, trois femmes et quatre enfants ramassés au hasard sont conduits au n° 6 de la rue des Rosiers, contraints de fléchir les genoux, tête nue, devant le mur, puis ils sont fusillés.
Dombrowski est tué rue Myrha.
La résistance persiste à la Butte-aux-Cailles avec Walery Wroblewski, au Panthéon, avec Lisbonne, dans les rues de l'Université, de Saint-Dominique, de Vavin, de Rennes et à la gare de l'Est.
Les versaillais occupent l'Opéra, le faubourg Montmartre et la Concorde, ils atteignent

l'Observatoire et procèdent à des exécutions massives à Montmartre, au parc Monceau et à la Madeleine.
C'est le début des grands incendies qui vont ravager de nombreux monuments parisiens.

Mercredi 24 mai.

Les incendies du 23 se poursuivent, touchant des immeubles d'habitation rue de Lille, de Saint-Sulpice et du Bac. Les dirigeants communards évacuent et font incendier volontairement l'hôtel de ville, la préfecture de police et le palais de justice.
Les versaillais occupent la Banque de France, le Palais-Royal, le Louvre, la rue d'Assas et Notre-Dame des Champs.
Le Quartier latin est attaqué. Le matin, il est occupé. Le soir, ses défenseurs, près de 700, sont exécutés rue Saint-Jacques.
La poudrière du Luxembourg saute. À 12 h 30, le docteur Faneau, à la tête de l'ambulance du séminaire Saint-Sulpice, est passé par les armes avec quatre-vingts fédérés blessés.
À la prison de la Roquette, les communards exécutent l'archevêque de Paris Georges Darboy et cinq autres otages, dont

le président Bonjean qui s'était illustré lors de la répression anti-populaire de juin 1848.

La mort de l'archevêque, qui a tenté de faciliter l'échange d'Auguste Blanqui contre des prisonniers fédérés, ôte le dernier espoir d'arrêter l'effusion de sang. Les communards ne tiennent plus que les 9e, 12e, 19e et 20e arrondissements, plus quelques îlots dans le 3e, 5e et 13e.

Dimanche 25 mai.

Combats acharnés à la Butte-aux-Cailles, où résiste Wroblewski, et place du Château d'Eau, où Charles Delescluze, délégué à la guerre de la Commune, est tué.

Cinq Dominicains d'Arcueil, ainsi que neuf de leurs employés, étaient soupçonnés de travailler pour « Versailles » et d'avoir mis le feu au siège de l'état-major du 101e bataillon proche de leur école. Le 19 mai, ils étaient arrêtés, incarcérés au fort de Bicêtre, puis transférés le 25 lors de l'évacuation vers Paris et étaient abattus le même jour après une certaine confusion dans la prison du secteur, 38 avenue d'Italie.

Dimanche 28 mai.

Les combats se poursuivent dans Belleville.
En début d'après-midi, les versaillais prennent la dernière barricade des communards.
Parmi les combattants capturés, armes à la main sur les barricades, se trouve un garçon de seulement douze ans.
Dans une boutique éventrée, un conseil de guerre restreint fait comparaître un à un les prévenus.
C'est le tour du jeunet, manifestement mal à l'aise.
L'enfant serre une montre dans sa paume crasseuse.
Autour de lui, les soldats en uniforme se tiennent raides, fusils en main, la fumée des dernières salves encore suspendue dans l'air épais de poudre et de cendres.
Paris brûle.
Le capitaine président, un homme au regard dur, mais fatigué, observe le gamin.
Trop jeune pour être un véritable combattant, mais trop impliqué pour passer pour une personne innocente.
Un enfant de la Commune, un de ces petits diables qui courent entre les barricades,

apportant des messages, chargeant des fusils, soignant les blessés.

— Mon lieutenant, que faire avec lui ? demande un soldat.

— Pourquoi étais-tu là, p'tit drôle ?
Le môme lève son museau plein de morgue et de morve et lui répond :

— Je défendais la liberté, M'sieur !

Un temps, le président veut engager le débat sur la valeur spécieuse du mot, mais l'attitude arrogante de l'enfant le fait renoncer...
L'enfant fixe l'officier sans peur.
Il tend sa montre.

— S'il vous plaît, M'sieur, j'peux la porter à ma mère. On habite là, juste à côté ! ? Après, je reviendrai.
Un silence stupéfait tombe sur la troupe.
L'homme sourit dans sa barbe, le piège paraît si gros..., mais le coupable est si petit...
Puis un ricanement.

— Tu te fiches de nous ?
L'enfant ne bouge pas, son regard reste brûlant de sincérité. L'officier croise les bras. Tout cela n'a aucun sens, et, pourtant, quelque chose l'empêche de simplement abattre l'enfant sur-le-champ.

— Très bien, vas-y et fais vite !, dit-il enfin, se persuadant que ce serait une manière simple d'épargner une exécution inutile.

À peine lâché, l'enfant disparaît en courant, happé par le grand désordre de la rue. Les soldats soufflent, soulagés d'éviter une tâche aussi ignoble. Tous de rire, mais ils ne se laissent pas berner et se sentent plutôt soulagés...

Quelques minutes plus tard, une ombre revient dans la ruelle. L'enfant s'arrête devant l'officier, les mains vides, les yeux toujours aussi fixes.

— Je suis revenu.

L'officier sent une étrange morsure dans la poitrine.

Un poids.

Un nœud.

Il ne peut pas...

Mais les ordres doivent être suivis.

— Allez, à la queue comme les autres !

À la queue !

C'est le mot code prévu pour éviter les réactions intempestives.

On doit traduire cela par :

— On vous fusillera, comme tout le monde !

Dehors, à quelques pas de là, contre un mur, les mains liées dans le dos, les réprouvés tétanisés par cette mort si proche, attendent le mal vouloir du chef du peloton d'exécution capitale.

Ce dernier entend dans son dos :
— Attendez, en voilà encore un !
Il se retourne, et, dans le reflet de la glace d'une vitrine d'un commerce fermé, il voit deux soldats poussant devant eux un jeune garçon.
Ils sont maintenant dix, alignés contre le mur, certains les yeux bandés, les autres le regard vide, ils sont déjà morts.
L'arme au pied, penaud, malgré tout, les soldats guettent l'ordre d'en finir. L'officier met le sabre au clair.
— Peloton, à mon commandement...
Feu !

Paris en 1968.
Une capitale en ébullition.

Paris est une métropole moderne de près de 2,6 millions d'habitants, en plein essor économique et social, mais aussi un foyer de tensions politiques et culturelles. Cette année charnière marque un tournant dans son histoire contemporaine.

La capitale a bien changé depuis le XIXe siècle. Le périphérique parisien, en construction depuis 1956, commence à encercler la ville, tandis que l'urbanisme moderne des Trente Glorieuses transforme des quartiers entiers.

Les Halles, « le ventre de Paris », ferment en 1969 pour laisser place au forum des Halles.

La tour Montparnasse se construit et suscite déjà des débats sur l'urbanisme moderne.

Les autoroutes urbaines et les grandes infrastructures routières modifient la circulation.

Les embouteillages deviennent un problème quotidien.

Les nouveaux quartiers d'affaires, comme La Défense, commencent à émerger.

Mais, malgré cette modernisation, certains quartiers conservent leur cachet d'antan.
Le Quartier latin reste un lieu emblématique des étudiants et intellectuels, Montmartre garde son âme artistique, et les flâneurs et les bouquinistes apprécient toujours les quais de la Seine.

Mais Paris en 1968 est aussi une ville en tension entre traditions et modernité, entre gaullisme et révolution culturelle.
Les événements de "mai 68" marquent un tournant dans la contestation sociale et l'émancipation de la jeunesse. La ville sortira de cette année profondément transformée, annonçant les grands bouleversements de la société française dans les décennies suivantes.

Une ville en pleine contestation.

Un mouvement étudiant, ouvrier et intellectuel domine l'année 1968, mettant Paris en ébullition.
Tout commence le 3 mai.

Des contestations à l'université de Nanterre et à la Sorbonne entraînent la fermeture de la Sorbonne.

Dans la nuit des 10 et 11 mai, dite « nuit des barricades », de violents affrontements éclatent entre étudiants et forces de l'ordre dans le Quartier latin.

Le 13 mai, la grève générale massive, atteints plus de dix millions de travailleurs.

Le 30 mai, le président, le général de Gaulle, annonce la dissolution de l'Assemblée nationale, mettant fin à la crise.

Pendant ces semaines, des slogans comme « Sous les pavés, la plage » envahissent Paris, les murs se couvrent d'affiches et de graffitis, et les barricades font écho aux révolutions passées.

Les pavés volent.
Les sirènes hurlent.
La ville résonne sous le chaos des manifestations.
La rue constitue un torrent de cris et de mouvements désordonnés.
Les étudiants, les ouvriers, les contestataircs, tous défient la police dans un ballet de colère.
Après l'une des nombreuses manifestations, dans une ruelle sombre, éclairée par les

gyrophares des véhicules de police, des manifestants sont arrêtés.

Ils sont alignés contre un mur, menottés, attendant leur transfert au poste.

La tension est palpable.

Ils ne savent pas ce qui les attend.

Deux agents saisissent un autre jeune homme et le plaquent contre un mur.

Il a les cheveux en bataille, une veste élimée, et des yeux fiévreux d'idéaliste. Le commissaire, un homme aux tempes grisonnantes, observe en silence.

Un agent s'approche pour lui passer les menottes.

— Je veux parler à votre supérieur !

— Tu le verras plus tard.

Le commissaire intervient.

— Brigadier, amenez-le-moi !

— Que voulez-vous me dire jeune homme ?

Le jeune homme inspire profondément et sort une vieille montre de sa poche.

— Laissez-moi la redonner à ma mère. Je reviendrai.

Un de ses hommes s'esclaffa.

Un éclat glacé traverse le regard du commissaire.

Cette phrase... Il la connaît.

Il ne sait pas comment ni pourquoi, mais elle appartient à une autre époque, à un autre lieu.

Il fixe la montre, ancienne, marquée par le temps.

Un frisson parcourut l'échine du commissaire.

Il se souvient alors, sans savoir pourquoi, d'un autre enfant, d'un autre temps, d'une montre tendue et d'un retour impossible. Il revoit un uniforme d'autrefois, un fusil pointé, un ordre aboyé.

Est-ce un souvenir réel ou un écho transmis à travers les âges ?

Cette montre a-t-elle pu traverser un siècle, et passer de main en main, jusqu'ici, jusqu'à cet instant ?

Son cœur manque un battement.

Son souffle se fait plus court.

Un de ses hommes s'esclaffe.

— Il croit qu'on va le laisser partir ?

Le commissaire hésite.

Il voulait dire non.

Il voulait en finir avec ces troubles, ces gamins qui défient l'ordre établi. Mais quelque chose l'entrave, un souvenir diffus, un poids inconnu.

— Va, dit-il enfin, le ton rauque.

Le garçon recule de quelques pas, puis s'engouffre dans la foule dense de passants qui se pressent dans la rue adjacente.

Les policiers échangent des regards entendus, mi-amusés, mi-agacés, conscients qu'ils viennent de le perdre.

Évidemment, il ne reviendra pas.

Les manifestants, toujours menottés, échangent des regards lourds, partagés entre soulagement et incrédulité.

Ils attendent pour être conduits au commissariat.

— Brigadier, embarquez-moi tout ce monde...

Le chauffeur du fourgon cellulaire observe dans la glace du rétroviseur le bon embarquement les personnes arrêtées.

Un jeune homme revient, se poste devant le commissaire et le regarde dans les yeux.

— Je suis revenu.

Ce gamin-là... est-il le même ?

Est-ce possible ?

Non, bien sûr que non.

Et pourtant...

— Casse-toi, murmure-t-il.

Et il se détourne, laissant la nuit l'engloutir.

Tandis qu'il s'éloigne, les manifestants et les agents restent figés, rattrapés par l'absurdité et l'humanité fugace de l'instant.

Un des policiers s'approche, perplexe.

— Pourquoi l'avoir laissé filer, commissaire ?

Le commissaire ne répond pas tout de suite.

Il regarde la rue, les ombres mouvantes, le flot de l'Histoire qui semble reprendre son cours, inexorable.

Il pense à cet enfant en 1871, à son propre geste, et à sa signification. Avait-il corrigé une erreur ?

Ou, simplement, répéter, un cycle éternel ?

Comme moi, ces deux scènes vous intriguent. Pourtant, si tout laisse croire qu'elles ont bien eu lieu, tout laisse aussi croire que c'est possible.

Cette ressemblance de faits nous amène à nous poser deux questions :

Pourrait-on imaginer que le phénomène inexpliqué ait transporté le jeune homme dans le futur ?

Avait-il conclu un pacte pour sauver sa vie ou changer son destin ?

Qu'avaient dit ces jeunes gens à leur mère en « donnant » la montre ?

En retournant chez eux, les jeunes avaient-ils trouvé compris qu'il détenait un outil capable de changer le cours du temps ?

Une réalité fissurée.

L'Histoire avance-t-elle ou répète-t-elle ses erreurs ?

La scène en miroir entre 1871 et 1968 montre une répétition troublante d'un même dilemme moral : un enfant ou un jeune homme, face à une autorité qui s'attend à sa fuite, mais qu'une loyauté à sa parole bouleverse.

La différence clé entre les deux époques se distingue, mais se révèle cruciale.

En 1871, l'officier se plie aux ordres, la machine militaire s'avère inflexible.

En 1968, le commissaire hésite, puis cède à une impulsion humaine et laisse partir le jeune.

Cela suggère que l'Histoire ne se répète pas toujours exactement à l'identique. Elle avance peut-être, lentement, par des actes de conscience individuelle.

Mais cette avancée s'avère fragile.

Le commissaire ne comprend pas entièrement pourquoi il agit ainsi, comme si le poids du passé guidait inconsciemment sa main.

Peut-être que la vraie question est de savoir si l'Histoire apprend, ou si ses échos nous hantent simplement.

À partir du moment où le jeune garçon revient, cela crée un paradoxe.

Le système de la concomitance commence alors.

Soit, en mélangeant les époques et les réalités.

Soit, en stabilisant, laissant les autres, vivre sans jamais connaître la vérité.

Soit, en s'effondrant, créant un chaos où le passé, le présent et le futur se mêleront définitivement.

Les personnages deviendront libres, mais perdus dans un monde où le temps et l'espace n'ont plus de sens.

III

LE VIEUX CARTABLE.

Le 8 août 2018

C'est un après-midi d'été, lourd de chaleur et de silence.

« Cause this is thriller, thriller night. »
« And no one's gonna save you from the beast about to strike. »
« You know its thriller, thriller night. »
« You're fighting for your life inside a killer, thriller tonight. »

Patrice, quinze ans, marque le rythme de la musique avec sa tête.
La voix de Michaël Jackson s'échappe des deux baffles de cinquante watts, poussés presque au maximum.
Ses doigts courent sur le clavier de son ordinateur.

Il joue à des FPS[3] ultraréalistes et rêve de devenir soldat, fasciné par l'adrénaline et la stratégie militaire.

Il pense que, devenir soldat, c'est faire preuve de bravoure et d'honneur, à l'image des héros de ses jeux.

Il veut s'engager dans l'armée par choix et par passion.

Il joue en ligne avec des coéquipiers qu'il ne connaît parfois même pas dans la vraie vie. Il parle d'« escouade » et de « stratégie », mais il s'agit plutôt d'alliances informelles.

Abattre le maximum d'ennemi lui permet seulement de franchir le niveau dix de Wargame.

Pour lui, la guerre représente un concept ludique, un challenge, une aventure exaltante.

Son jeu favori n'a plus de secret pour lui à présent. Le plaisir de la stratégie militaire l'extirpe de sa vie quotidienne, de la platitude.

Il devient un autre, un homme de guerre.

Là, plus aucun devoir écrit, ni leçon.

Son rêve : devenir soldat. Il est persuadé qu'à l'armée il trouvera des valeurs partagées de solidarité, d'effort, de dépassement de soi, de

---

[3] First Person Shooter.

mérite, de cohésion, de fraternité dans un engagement collectif.

Ce n'est pas le cas dans son collège.

Il a le sentiment d'y perdre son temps, d'être obligé de s'extraire une partie du cerveau pour incorporer la société.

Les études l'ennuient.

Pour l'heure, il doit mener un autre combat contre la chaleur qui l'assaille par grosses bouffées. Depuis le début du mois, le soleil écrase la ville de ses rayons de feu. C'est une véritable fournaise.

Pas un souffle d'air, les rideaux restent obstinément immobiles.

Patrice trouve l'environnement un peu trop chaud et humide.

Malgré ses efforts, il doit battre en retraite.

Dans la cuisine, il sort du réfrigérateur une bouteille de soda qui se vide aussi vite qu'un oued en Afrique.

Avachi sur une chaise, il n'a pas le courage de remonter dans sa chambre.

Tout en laissant son esprit divaguer sur les différentes tournures de plainte contre cette chaleur et le réchauffement climatique, son regard s'arrête sur la porte donnant accès à la cave.

Le terme déclenche en lui une déduction.

Pourquoi n'y a-t-il pas pensé plutôt ?

La voilà, la solution.

Déjà, rien que l'idée de fraîcheur le remplit d'aise.

Comme beaucoup de maisons anciennes, la demeure familiale possède un sous-sol, ou plus exactement une salle basse, voûtée en berceau brisé.

Ce type de cave n'est pas sans rappeler les « Tanières de poitrinaires », que l'on désignait au XIXe siècle. Elles servaient de logement temporaire à des personnes sans abri ou à du personnel domestique.

Il descend avec précaution. C'est un lieu inconnu, dans la mesure où, l'habitation, pour lui, se résume à trois pièces, la cuisine, le salon, et surtout à sa chambre. Le reste...

Dans la poussiéreuse, un air frais l'accueille.

Une myriade de particules de poussière danse une sarabande dans les étroits rais de lumière provenant de deux soupiraux.

Au sol, le pavement émaillé d'origine avait disparu.

Aujourd'hui, pour mieux combattre le froid de la terre battue, des nattes le recouvraient.

Avec trente-quatre degrés à l'extérieur, ce n'était pas un problème.

— Quel fouillis là-dedans ! Dire qu'on me casse les pieds pour que ma chambre soit toujours rangée. Tous les mêmes. C'est le bazar, mais au moins, il y fait bon, c'est déjà ça. Je dois aménager un peu ce fourbi.

Il installe une vieille table de camping qui a connu des jours bien meilleurs.
Patrice cherche un trésor d'enfant : une vielle montre, peut-être un jeu oublié ou peut-être rien de précis.
Un empilement de cartons poussiéreux attire alors son regard.

Mais son regard tombe sur une boîte de fer rouillée, placée devant.
Il s'approche, dépoussière le dessus et hésite, mais sa curiosité l'emporte, il soulève le couvercle.
Là, il fait une trouvaille.
Un numéro de « *La famille Fenouillard* ».
— Des B.D. !
Il s'empare de l'exemplaire, mais il aperçoit, juste à côté, un cartable d'écolier.
Il doit faire quelques efforts pour parvenir à le dégager. Il est coincé derrière.
À l'intérieur, des carnets, noirs de poussière et de mystère. Leur cuir craquelé murmure le

poids des ans. Leurs pages jaunies sentent l'encre, le temps, et la pluie.

— *Pourrais-je y trouver d'anciens cahiers de mon père dedans ? On va voir s'il bossait aussi bien qu'il le dit.*

En simulant sa voix et sa posture, il déclame :

— *À ton âge, moi, je... bla, bla, bla... À mon avis, pour le cacher ainsi, c'est que ça ne doit pas se révéler remarquable.*

Quand il parvient à l'extirper, il l'ouvre avec une indéniable délectation, certain d'y trouver de quoi le faire enrager. Une petite revanche, pour compenser les réflexions concernant son travail scolaire, qu'il endure depuis quelques années.

C'était plutôt décevant.

Seulement de vieilles coupures de journaux.

— *Zut. Oh... Mais, j'aperçois autre chose au fond, un gros carnet. Ça, c'est sûr, c'est à lui...*

Il le prend avec précaution.

À sa grande surprise, sur la couverture, d'une écriture nerveuse, presque tremblante, il est écrit :

**« Carnet de guerre — 1914-1918
de Pierre D. »**

Le souffle de Louis s'arrête, une seconde suspendue.

Il ouvre le journal. Un portrait est collé à la première page. En dessous, cette légende :

Dernière photographie prise avant mon départ le 14 juillet 1914.

— *Mais ça fait plus d'un siècle ! Je n'y crois pas... C'est mon arrière-grand-père...*

C'est plus qu'une histoire ancienne. C'est un pont tendu entre les époques, une main tendue entre un vieil homme et son petit-fils.
L'invitation à découvrir non seulement une guerre, mais aussi un cœur, des rêves, des cicatrices.
Les cloches de l'église sonnent les deux coups de l'après-midi. Dans le ventre de la cave, Patrice, délicatement, ouvre au hasard une page qui semble, elle aussi, avoir combattu un ennemi : lc tcmps.
Il a le pressentiment qu'il va revêtir une autre peau.
Une transmutation ?

« *8 août 1918*

La dernière décennie a été ardue. En ce début d'août, par une chaleur accablante, nous avons dû effectuer une course harassante de 120 kilomètres, encombrés de la lourde capote réglementaire, du sac de trente kilos et de tout l'armement. Les Allemands ont conquis toute la zone en moins de dix jours.
La route de Paris s'ouvre à nous.
Nous devons absolument leur faire barrage.
18 heures, on arrive.
Ou, je l'ignore ?
On est rassemblé pour passer la nuit au bivouac.
Le lendemain, marche à travers champs en formation de combat.
Fatigants sont ces trajets dans les terres labourées, tantôt nous devons courir par bonds, tantôt sauter des haies ou des fossés.
Nous sentons que nous approchons de l'ennemi. Le canon se fait entendre presque sans intermittence et le son en ressort très net.
Dissimulés dans les champs de blé et d'avoine, on déballe les paquets de cartouches, chacun en est abondamment

approvisionné. Des aéroplanes allemands nous survolent. Ils n'ont aucune difficulté à nous compter. Nous craignons que l'ennemi puisse utiliser ces informations à son avantage.

À quelques centaines de mètres de là, un homme et une femme sont étendus, des éclats les ont abattus. On voit encore les plaies béantes.

Il est 8 heures, le bataillon s'organise. Nous sommes couchés en tirailleurs prêts à toute éventualité. Nos éclaireurs fouillent le versant opposé, excessivement boisé. Ils sont au frais, eux. Les obus commencent à pleuvoir. Les canons se cabrent comme un cheval pris de peur. Les crânes vibrent. On a dans les oreilles un tintamarre de cloches. On est secoué de la tête aux pieds. Une grande lame de feu jaillit de la gueule des pièces. Le vent soulève de la poussière autour de nous. La terre tremble. On a dans la bouche une saveur fade d'abord, âcre ensuite. C'est la poudre. On ne sait si on la sent ou si on la goûte. Le tir se poursuit, rapide, sans à-coups.

Les mouvements des hommes sont coordonnés, précis, brefs. Ils ne parlent pas. Leurs gestes suffisent pour indiquer la *manœuvre. On n'entend que les commandements de hausse du capitaine que répètent les chefs de pièce : « 2 500 ! 2 500 ! Feu ! » « 2551 ! 2551 ! Feu »*

Le tube du canon recule sur les glissières du frein, puis, posément, exactement, vient se remettre en batterie, prêt à tonner à nouveau. Derrière, les douilles noircies, en monceau, fument encore.

Malgré la chaleur, les hommes tiennent bon. Quelques civils fuient, en toute hâte, la zone dangereuse, ils ont bien fait !

Vers midi, nous nous portons deux kilomètres plus avant pour remplacer deux régiments qui « flanchent ».

Des vaches surprises par la mitraille gisent à terre, le corps gonflé et les quatre pattes en l'air. Des chevaux sont couchés sur le flanc au milieu d'une mare de sang et leurs entrailles sortent d'une plaie affreuse. À la lisière d'un petit bois, notre regard s'arrête sur les baïonnettes fichées dans les poitrines. L'odeur infecte des cadavres en putréfaction nous agresse. Ajoutez-y celles de la poudre et des ruines encore fumantes.

C'est une véritable asphyxie !

Si mes yeux se ferment parfois, à la vue de ce spectacle, on doit souvent s'obstruer le nez et la bouche pour ne pas être incommodé.

Des blessés se traînent péniblement vers l'ambulance, suppliant qu'on leur donne à boire ; d'autres, plus atteints, sont transportés par leurs camarades. Certains perdent la raison. Un artilleur pleure. Il porte le képi de son capitaine sur le crâne. Ce n'est pas très encourageant de voir cette débandade au moment où nous allons faire le coup de feu. Des hommes prétendent être touchés alors qu'ils ne ressentent rien. La peur, non seulement les plonge dans la démence, mais leur donne aussi des douleurs imaginaires.

Tout essoufflés, nous nous dispersons dans une tranchée qui se trouve à une trentaine de mètres. Nous avons vécu des moments difficiles, ensevelis dans ces trente centimètres de profondeur et autant de remblais...

Au moins, il y fait bon.

Accroupis, la tête baissée entre les jambes de son vis-à-vis, nous entendons se segmenter les Shrapnels tout autour de nous et à chaque détonation, c'est un soupir de soulagement, quand le projectile tombe dans la terre.

Des hommes doivent le salut à leur sac, s'il pèse lourd dans les marches, il devient indispensable et grand protecteur contre les balles et les éclats d'obus.

Nos batteries répondent à celles des Allemands. Elles accomplissent une tâche très dure, car nous devons souvent les déplacer pour faire croire à l'ennemi que nous formons des bataillons. Je suis convaincu que, peu importe l'objectif à atteindre, c'est la raison pour laquelle nous restons aussi longtemps dans cette tranchée, à occuper leur feu d'artillerie.

Enfin, la canonnade diminue d'intensité et bientôt c'est le calme presque complet.

Nous rentrons les yeux presque fermés sous les rayons brûlants, le dos courbé et pliant sous le poids du sac. Bien des hommes tombent épuisés. Les nuages de poussier que notre passage soulève engobent les uniformes au point de les rendre méconnaissables. Cravate enlevée, capote déboutonnée, nous avançons. Les ruissellements de transpiration se frayent un chemin à travers la couche de crasse qui couvre les visages.

Nous espérons prendre un repos bien gagné.

Il est 17 heures. Les boîtes de conserve sont ouvertes et le reste de pain est partagé. Quelques débrouillards dénichent de la confiture et du beurre dans les fermes désertées. C'est le premier repas de la journée. Cette halte s'avère plutôt courte. Le général vient d'arriver et ne veut pas remettre au lendemain la contre-attaque.

Privé d'aéroplanes, il envoie des hommes en reconnaissance. Une demi-heure après, toutes les troupes sont disposées en ligne de bataille.

Notre artillerie crache la mitraille. On avance par bonds l'arme à la main. Les balles sifflent à nos oreilles, l'ennemi s'est approché dans le but de nous surprendre à la tombée du soir. On a déjoué son plan.

Le jour disparaît pour faire place à une nuit très sombre. On aperçoit seulement les flammes des bouches des canons. L'obscurité devient un obstacle à notre tir, mais, confiants en notre artillerie, nous marchons toujours.

Des fermes en feu éclairent le champ de bataille. Nous avançons vers l'infanterie adverse. Les clairons sonnent la charge. Baïonnette au fusil, nos tambours nous entraînent.

L'ennemi est enfoncé et ceux que nous n'avons pas transpercés s'enfuient. Ma section doit s'arrêter à mi-chemin. Des tirailleurs allemands nous ont pris à revers et ils fauchent tout ce qui passe.

Alors que les mitrailleuses claquent, allez savoir pourquoi, la voix de Lucien, un camarade de classe, résonne dans ma tête :

« Pan ! Pan ! t'es mort. » « Nan, suis pas mort ! » « Si, j'tʼai touché ! »

Mais ici, ce n'est plus un jeu.

Chacun en rampant cherche un pli de terrain pour se garantir des projectiles. Les nez contre terre, nous avons la même sensation que le matin dans les tranchées : les balles sifflent, certaines rasent le sol, d'autres tirées de plus loin tombent près de nous ayant perdu leur force. Après une assez longue attente, le feu cesse.

L'ennemi s'est replié, nous dominons la zone. On se déclare vainqueur. Mais vainqueur de quoi, de qui ?

Nous nous relevons et le spectacle qui s'offre à nos yeux nous impressionne par sa tristesse. Des villages entiers brûlent et d'immenses brasiers éclairent tout l'horizon. Ces pauvres gens ont perdu leurs maisons. Laisser tout ce qui leur tient à cœur pour être dévasté ! Il ne reste plus rien de leurs fermes. Cette ancienne armoire, ce Christ en cuivre censé les protéger et qu'ils ne peuvent emporter. La séculaire horloge, plus vieille que la chaumière, dont le tic-tac si familier, donnait une note de paix et de tranquillité.

Pauvres gens !

Victimes innocentes de l'ambition et de la force.

Les clairons sonnent le « cessez-le-feu « et le « rassemblement ». Il est 23 heures, les hommes se couchent à même le sol.

Pendant ce temps, les brancardiers parcourent le champ de bataille. Pour eux, le travail n'est pas fini. La nuit et le terrain très boisé le rendent très difficile. Dans mon escouade, nous déplorons un décès et une disparition.

Je suis convaincu que certains contusionnés sont morts faute de soins ou que les Allemands les ont ramenés.

Voilà une journée de passée. Comme si cela n'avait pas suffi, ma section assure la garde aux avant-postes. C'était trop sérieux pour fermer l'œil et nous avons veillé à la chaleur des brasiers qui fumaient encore.

Je n'ai pas dormi depuis plus de 46 heures.

Dans quelques heures, un autre jour poindra et nous n'aurons pas pu boire notre café du matin.

Ainsi va la vie. Ainsi va la guerre. Ainsi va la vie à la guerre.

Patrice clôt l'opuscule. La pénombre et l'odeur de l'endroit aidant, il s'imagine, pendant quelques instants au fond d'une tranchée. Le vacarme des combats résonne dans sa tête. Il reste là, de longues minutes, n'osant plus bouger.

Il vient de ressentir, cent ans en arrière, dans une fournaise singulière, l'enfer vécu par son aïeul. Un antagonisme néronien où les « joueurs », contrairement à ceux des jeux électroniques, n'ont droit, qu'à une seule vie. Patrice referma doucement le carnet, ses doigts tremblants comme s'il venait de toucher une relique sacrée.

Lentement, il prend conscience de la palpabilité des assauts.

— C'est donc cela, la guerre ! Rien de comparable avec mon « Wargame ». Le passé me tourmente, l'avenir me fait peur, à présent.

Comme c'est étrange, les individus s'effrayent de la mort, mais l'attirent en traitant les autres avec inhumanité.

C'est comme s'ils redoutaient l'ivresse et buvaient le plus possible...

Dans un grand carnet, son grand-père, cet homme silencieux et secret, a caché le journal d'une vie qu'il n'a jamais racontée.

Au début, il voit son grand-père comme un héros et se projette dans ses récits comme s'il lisait un roman d'aventures. Mais au fil de sa lecture, il commence à percevoir la douleur, la peur et la souffrance derrière les mots. Son regard sur la guerre change.

Il touche du doigt que ce n'est pas un jeu et qu'être soldat, c'est bien plus que manier une arme.

Son aïeul décrit la peur omniprésente, la boue, la faim, la douleur et la perte des camarades, montrant une réalité bien différente. Il raconte comment lui et ses camarades n'avaient pas le choix, la peur qui planait en permanence, et le vrai courage, parfois, de survivre un jour de plus. Il décrit des amitiés profondes nées dans les tranchées, des camarades qui se sont soutenus jusqu'au bout, dont certains sont morts sous ses yeux.

Les mots s'entrelacent dans l'esprit du garçon.

Dans sa tête, des images naissent des phrases serrées, évoquant la boue des tranchées, les hurlements du canon, l'amitié dans le chaos, l'espoir dans la peur.

Patrice commence à percevoir la guerre autrement, réalisant que ce n'est pas un jeu avec des « respawns », mais une expérience marquée par la souffrance et l'horreur.

Il comprend que le courage ne réside pas seulement dans l'acte de combattre, mais aussi dans la capacité à affronter l'horreur, à tenir bon malgré la peur et la souffrance.

Il réalise que la fraternité née de la guerre s'avère bien plus forte que celle des jeux vidéo.

Il parle de cauchemars, du choc post-traumatique, des blessures physiques et mentales qui ne guérissent jamais vraiment.

Patrice se rend compte que son grand-père a dû porter ce fardeau toute sa vie, et que la guerre laisse des séquelles invisibles bien après la fin des combats.

Les mots de son grand-père, ces phrases parfois hachées, écrites à la lueur tremblante d'une bougie ou dans l'urgence des tranchées, vibrent encore en lui.

Cette prise de conscience l'a profondément ému, le laissant dans un état de stupéfaction, comme si le sol s'était soudainement dérobé sous ses pieds. Ces pages racontent une vie qu'il n'aurait jamais imaginée.

Les batailles qu'il trouve exaltantes dans les jeux deviennent des récits terrifiants. Dans un jeu, on « réapparaît » après une mort, mais que, dans la guerre réelle, chaque vie perdue laisse un vide.

Son grand-père a été enrôlé, parfois très jeune, sans avoir le choix, et certains camarades ne sont jamais revenus.

Il est parti au combat sans savoir ce qui l'attendait. Il a cru aux discours patriotiques, à la gloire militaire. Puis, il a découvert l'horreur, la peur, la douleur. À son retour, il est devenu pacifiste, marqué à jamais par sa propre expérience.

Patrice prend conscience que la guerre n'est pas une aventure choisie par son grand-père, mais une obligation terrible.

Il se rend compte qu'il avait une vision idéalisée de la guerre à travers les jeux vidéo et les récits héroïques.

En lisant les mémoires, il suit le même chemin que son grand-père, mais à travers ses mots. Il prend conscience de l'horreur sans l'avoir vécue et change de voie avant même d'en faire l'expérience.

Ce que le grand-père a mis des années à comprendre par le vécu, lui, le comprend par la transmission.

Là où le grand-père a dû souffrir pour ouvrir les yeux, lui peut briser le cycle avant qu'il ne commence.

Bouleversé, il sent couler des larmes qu'il ne peut retenir.

Autour de lui, la cave s'étend dans le silence, mais, dans son esprit, un tumulte gronde.

Assis à une table, le carnet ouvert devant lui, il tient dans ses mains une vieille médaille de guerre qu'il a trouvée dans une boîte en bois, avec une photo du grand-père en uniforme.

Il murmure, en regardant la médaille :

— Je croyais que c'était une récompense, un signe de bravoure... Mais maintenant, je me demande combien d'hommes ont souffert pour l'obtenir.

Il tourne la médaille entre ses doigts.

Il caresse du pouce les gravures ternies sur le métal. Son cœur bat plus fort. Il repense aux jeux vidéo où les médailles servent de trophées, de succès à débloquer. Mais ici, dans ses mains, ce n'est pas un exploit.
C'est un poids.
Un fantôme.
Son regard se pose sur un passage du carnet qu'il lit à voix haute et tremblante.

— *Nous avons pris la colline au matin. L'ennemi s'est replié.*
Mais à quel prix ?
Les corps jonchent le sol, les cris résonnent encore. On nous félicite, on me remet une médaille.
Mais je la regarde et je me demande : pour quoi ?
Pour avoir survécu alors que d'autres sont morts à côté de moi ?
Pour avoir obéi sans réfléchir ? Je voudrais la jeter, mais je n'en ai pas le courage.
Peut-être qu'un jour, quelqu'un comprendra sa véritable signification.

Silence.
Il s'interrompt.
Sa gorge se scrre.

Il sent une brûlure dans sa poitrine, une vague d'émotion brutale.

Il revoit son grand-père, assis dans son fauteuil près de la cheminée, silencieux devant les actualités montrant des conflits lointains.

Il se rappelle avoir voulu lui poser des questions sur la guerre, mais l'avoir toujours vu détourner le regard, la mâchoire crispée.

Maintenant, il comprend pourquoi.

Patrice serre la médaille dans sa paume.

Trop fort.

Les arêtes du métal s'enfoncent dans sa peau, comme s'il voulait s'imprégner de son fardeau.

De ce qu'elle raconte.

Puis, lentement, il ouvre la main.

Il repose la médaille sur le carnet, avec une douceur infinie, comme s'il déposait une fleur sur une tombe.

Patrice, à voix basse, mais déterminée.

— *J'ai compris, Papy.*
Et moi, je ne veux plus me battre. Je veux
empêcher qu'elle recommence.

Il lève les yeux vers la photo noircie.
Il regarde la photo de son grand-père, un mélange de tristesse et de respect dans les yeux.
Le regard du jeune soldat semble plus lourd, plus triste qu'avant.
Patrice sent un frisson lui parcourir l'échine.
Il n'est plus le même qu'il y a une heure. Il est sorti d'une illusion.
Il referme lentement le carnet, pose la médaille dessus comme pour clore un chapitre.
Comme on ferme une blessure.

Comment son grand-père a-t-il supporté une telle violence ?
Il se demande s'il aurait eu le courage de vivre les mêmes épreuves que son aïeul.
Les héros de ses jeux sont des figures glorieuses, mais les récits de son grand-père décrivent des hommes ordinaires, souvent

terrifiés, qui font tout leur possible pour survivre.

Patrice commence à remettre en question sa vision romantique de la guerre. Ce carnet lui donne un sentiment de proximité avec son grand-père, qu'il n'a pas bien connu. Il imagine ce jeune homme confronté à des défis. Cela l'amène à discuter avec ses parents, à poser des questions sur l'histoire de leur famille.

L'homme qu'il croyait connaître n'était plus seulement le vieux monsieur au regard fatigué qui aimait écouter les oiseaux sur le banc du jardin.

Non, il a été un soldat, un frère d'armes, un survivant d'un enfer qu'aucun livre d'histoire ne lui a fait ressentir de cette manière.

Une boule se forme dans sa gorge.

De l'admiration d'abord.

Son grand-père a affronté l'inimaginable : les bombes, la faim, le froid, la mort omniprésente.

Patrice voit dans ces lignes une force qu'il ne soupçonnait pas.

Mais aussi de la tristesse, presque du chagrin. Chaque mot parle de camarades tombés, d'une jeunesse volée, de rêves brisés dans la boue.

Comment a-t-il pu porter ce fardeau toute sa vie sans en parler ?

Combien de fois a-t-il voulu raconter, sans trouver d'oreilles prêtes à entendre ?

Et enfin, une colère aigre, injuste, mais irrésistible.

Comment l'humanité a-t-elle pu infliger cela à des hommes ?

Patrice regarde ses jeux avec un œil différent. Les sons des tirs, les explosions, les cris numérisés des soldats commencent à lui peser.

Il ressent une culpabilité sourde.

Peut-il encore jouer à ces jeux, après avoir lu l'histoire de ce que son grand-père a vécu ?

Finalement, Patrice développe une envie de mieux comprendre cette période et de raconter l'histoire de son grand-père. Il pense à écrire à son tour, ou à réaliser un projet, un documentaire, ou un podcast pour transmettre ses apprentissages.

Le carnet de guerre lui ouvre les yeux sur la fragilité de la paix et les sacrifices nécessaires pour la préserver. Il prend conscience que les conflits réels affectent des vies humaines, bien au-delà des pixels sur un écran.

Comment cette guerre a-t-elle pu exister, et pourquoi d'autres guerres continuent-elles à éclater, siècle après siècle ?

En remontant de la cave, serrant un carnet contre sa poitrine, Patrice se promet quelque chose.

Il ne sait pas encore s'il saura écrire, parler, ou simplement écouter mieux ceux qui l'entourent, mais il sait que l'histoire de son grand-père ne peut pas rester enfermée dans une boîte poussiéreuse. Elle doit vivre, pour lui, pour sa famille, et pour tous ceux qu'on a oubliés.

Et ce soir-là, alors qu'il regarde les étoiles, il murmure, comme une prière :

— *Merci, Papi. Je te vois enfin.*

IV
ONIRISMES

Je pus rester comme ça éternellement.

C'est agréable.

Sublime, même.

Lucie est la plus douce des créatures de ce monde.

Son toucher velouté glisse délicatement sur ma peau, tandis que ses doigts caressent mon dos.

Nous sommes tous les deux complètement nus, étendus sur le tapis devant un feu crépitant dans l'âtre de la cheminée.

Le silence environnant est profond, nous enveloppant de sa chaleur apaisante.

Je me couche sur le dos et Luciane se penche sur moi. Ses cheveux soyeux effleurent mes cuisses, me fixant avec son regard de greffière captivant, à la fois clair et brûlant.

Son souffle chaud effleure ma peau sensible du ventre. Avec une lenteur envoûtante, elle pose sa langue sur ma chair, puis ses jambes fines s'enroulent autour de mes hanches, ses bras passés derrière sa nuque, ses propres fesses se balançant au rythme de mes pulsations.

Mon entrejambe durcit violemment.

Nos lèvres se touchent, s'unissent.

Luciane écarte les siennes pour recevoir mon baiser sans en être consciente. Ses yeux se ferment. Elle veut s'éloigner du monde et se concentrer sur cette rencontre physique, chaude et souple à la fois. Quand sa langue rencontre la mienne, très brièvement, un long frisson la parcourt jusqu'à ses orteils. Elle le sent particulièrement dans sa région intime.

Oh ! Mon Dieu.

Un simple baiser suffit à la mettre dans tous ses états. Je penche la tête pour mieux le savourer.

Avant qu'elle ait eu le temps de comprendre, je sens que son univers chavire autour d'elle.

Je ne peux retenir mon admiration pour sa peau de porcelaine impeccablement lisse, qui me semble plus douce que naturellement concevable.

Ses grands yeux de félin, ses pommettes et son menton arrondis enchantent irrésistiblement ma vue.

— Tu es resplendissante, susurrais-je.

— Je te remercie, me glissa-t-elle, en riant légèrement.

Pourquoi parlons-nous d'une manière feutrée ?

Nous discutons ainsi, car l'instant s'y prête.

C'est une expérience envoûtante.

C'est merveilleux de l'enlacer. Chaque détail me remplit de joie. Le silence règne, comme si nous étions les seuls êtres vivants au monde.

Ses iris plongent dans mes pupilles, un sourire angélique étire ses lèvres.

Je n'ai plus éprouvé un tel sentiment de bien-être depuis...

Je n'arrive pas à l'expliquer.

Ses joues et les pointes de ses seins rougissent, et je vois battre son cœur sous son sein gauche. Mes câlineries lui plaisent beaucoup.

— Arnaud, susurra-t-elle.

C'est merveilleux d'amignonner[4] ses jambes. Finalement, mon bras a atteint l'objet de son

---

[4] Choyer avec délicatesse.

désir et l'a enveloppé d'une tendresse plus intense que celle de mes jambes.

Elle est humide, et cette humidité augmente sous la caresse de mon doigt qui glisse entre ses lèvres. Il s'immisce légèrement en elle.

Elle tressaille à ce geste imperceptible, avant de pousser un profond soupir. Pour l'encourager à se donner entièrement, je pose ma main gauche sur son genou.

Ma perception du monde se transforme complètement.

Maintenant, elle est plus vive, plus affirmée. Elle est devenue tranchante, presque cruelle.

Je ressens une chaleur intense, comme si j'avais ouvert la porte d'un four. Je serre tellement fort mes dents que j'en ai mal à la mâchoire. Pourtant, cette douleur est imprégnée d'une puissance revitalisante, accompagnée d'un orgasme libérateur.

Un frisson me parcourt tout le corps. Je m'abandonne à ses lèvres, comme si mon existence en dépendait. Peut-être bien qu'elle l'est.

J'émets des gémissements pendant mon orgasme, ce qui pourrait être perçu comme une morsure, dans l'excitation du moment. Je détache mes lèvres des siennes et j'enfouis mon visage dans ses cheveux, m'accrochant désespérément à elle. Je me sens chaud, je halète et j'ai des frissons.

Cette situation nous fait sourire.

J'hésite, ne sachant pas quelle main je vais employer.

Elles sont parfaitement placées, comme elles sont.

Laquelle dois-je bouger ?

Celle posée à l'arrière de sa tête ?

Ou celle nichée dans le creux de sa taille ?

C'est une décision difficile.

Finalement, j'écarte à contrecœur celle au creux de sa taille, la fais glisser sur la courbe de ses fesses, en effleure le haut de sa cuisse et recouvre ses nymphes[5].

Lucie s'étire légèrement au-dessus de moi. Elle retient son souffle avec tant d'énergie qu'elle émet un hoquet qui résonne dans le silence de la pièce.

— Tu es encore... Euh...

Elle gigote de nouveau, et je sens ses muscles abdominaux se contracter.

— Dur, achève-t-elle dans un murmure.

— Dur ?

---

[5] Chacune des petites lèvres qui entourent l'orifice vaginal.

— Oh, absolument !

J'approche mes lèvres des siennes, et je l'embrasse. L'impression d'être submergé par un flot de fleurs tièdes et odorantes me vient. J'ouvre la bouche plus largement pour mieux la savourer. Elle passe ses bras autour de mon cou et, de sa main, elle joue avec mes cheveux. Je serre mon poing dans sa chevelure et la force doucement à pencher la tête en arrière. Elle se laisse faire, et je vois sa longue et délicate nuque.

Hum... Peut-être que les chauves-souris ne sont pas idiotes, après tout.

Soudainement, des crocs me poussent pour que je me nourrisse de son sang. Comme je n'arrive pas à le faire, je mordille le creux de son épaule. Luciane tressaille.

Son espace intime se rétrécit. Elle déglutit et enroule ses jambes autour de mon corps, se rapprochant de moi.

C'est le signal que je guettais. Je serre sa taille de mes bras et je lui donne de petits mouvements, brefs et fermes, qui sont délicieusement excitants.

Elle laisse échapper un étrange piaulement, puis elle prend du plaisir. Je ponctue mon cri par une longue et violente poussée.

Nous nous enflammons. Je suis étonnée d'avoir été capable de m'exprimer aussi librement que je l'ai fait. Enlaçant ses bras autour de son cou, Luciane pose sa joue sur mon épaule.

La sonnerie du téléphone pénètre dans mon cerveau comme un couteau qui transperce une feuille de papier.
Je repousse le traversin qui est posé sur ma tête, puis je me tourne vers le côté droit.
Le lever du soleil m'assaille.
J'avais oublié de baisser les stores.
Je ramasse le combiné qui est par terre.
   — Restez en ligne, je vous prie.
Je dépose l'appareil sur le lit, me redresse. Je me frotte le visage. Avec les paupières froncées, je fixe l'horloge.
7 h 15.
Je tousse et me racle la gorge, puis je reprends le combiné.
   — Allô !
   — Bonjour, monsieur. C'est la réception. Vous nous avez demandé d'être réveillé à 7 h 15.
   — Effectivement, je vous remercie.

Je me sens un peu déprimé dans cette chambre, car elle est dépourvue de vêtements féminins ou de bijoux.

L'oreiller sur lequel repose mon visage désemparé n'a pas d'odeur de parfum ni de traces de cheveux blonds.

Après m'être levé avec difficulté, je me dirige tranquillement vers la salle de bain. Une fois là-bas, je rase rapidement mes poils faciaux avant de prendre une douche rapide. Ensuite, je ramasse mes effets personnels, je les jette dans ma valise en désordre, puis je sors de la pièce.

J'emprunte l'ascenseur.

Lorsque j'arrive à la réception, le réceptionniste se tient derrière son bureau, légèrement penché en avant. Pourtant, quand j'entre, il redresse brusquement la tête et essaie d'adopter une posture plus professionnelle.

— Je ne veux pas de petit-déjeuner. Si vous pouviez me faire ma facture...

— Pas de problème, monsieur. Je m'en occupe.

Sa réponse est instantanée, presque automatique. Pourtant, je trouve que quelque chose dans sa posture me rend mal à l'aise. Ses yeux semblent éviter les miens, tandis qu'un frémissement anime ses mains lorsqu'il fouille sous le bureau à la recherche d'un document.

Il marque une pause, l'espace d'un battement de cœur, avant de poursuivre d'un ton qu'il veut décontracté, mais teinté d'un léger embarras :

— Une dame vous a laissé ceci...

Il dépose rapidement, d'un geste nerveux, une missive sur le comptoir, juste devant moi. Ses doigts semblent être consumés par son contenu.

— Pour moi ? m'écriai-je, surpris et incrédule, presque sur la défensive.

L'enveloppe est simple, mais quelque chose à son sujet semble étrangement important.

D'un papier crème épais, blanc cassé légèrement jauni, elle porte mon nom, écrit d'une main fine et élégante, presque ancienne.

C'est une écriture que je ne connais pas.

Un doux parfum émane, mélangeant la lavande et quelque chose d'autre, une senteur délicate, imprécise, semblable à un lointain souvenir, teinté de mystère.

J'ai remarqué une sensation inhabituelle qui m'envahit, mais je ne saurais pas l'expliquer.

Tout à coup, mon esprit flotte dans les airs.

Est-ce un rêve, est-ce la vérité ?

Un frisson me parcourt l'échine. Les images floues, mais persistantes, de ma nuit me reviennent brutalement en mémoire.

Cette ombre dans l'obscurité.

Est-ce qu'elle était réelle, ou le produit d'un esprit fatigué et endormi ?

Et cette voix...

Une voix douce, mais insistante, qui a chuchoté des mots que j'ai oubliés.

Peut-être que je ne voulais pas me souvenir de cela.

Ce n'était peut-être pas vraiment un rêve, non ?

Peut-être... Un aspect de la réalité qui m'a échappé ?

Cette présence mystérieuse qui s'est faufilée dans mes songes, ces chuchotements délicats, mais persistants, comme un appel venant d'ailleurs.

Je secoue légèrement la tête, essayant de me débarrasser de cette sensation étrange.

Cependant, l'enveloppe me semble plus lourde que de raison.

S'agit-il d'une lettre banale ?

Est-ce un lien entre mes rêves et le monde réel ?

Je jette un regard furtif au réceptionniste. Il semble à présent concentré sur un carnet posé devant lui. Il a recommencé à dessiner, affectant l'indifférence, mais son immobilité semble trop artificielle.

Est-il un complice dans un jeu auquel j'ignore encore les règles ?

La limite entre mon expérience réelle et mes fantasmes s'est estompée, trop estompée. Je dépose ma main sur l'enveloppe.

Je sens un léger courant électrique lorsque je touche le papier.

Qui est-elle, cette femme ?

Pourquoi me contactait-elle par écrit ?

L'idée d'ouvrir cette dernière devant un témoin me semble insensée. Pourtant, une curiosité insatiable m'anime.

Mon pouls s'emballe.

Chaque moment de la nuit précédente semble désormais revêtu d'un sens nouveau, comme si chaque détail cachait un indice que j'ai mal interprété.

Je ne suis pas prêt à l'ouvrir, car je veux garder le mystère.

Je la glisse dans la poche intérieure de ma veste, mais, même là, son poids me rappelle sa présence, comme si elle me sommait de ne pas l'oublier.

Quinze jours sont passés.

Je n'ai pas encore ouvert l'enveloppe mystérieuse.

Une chose est cependant certaine.

Selon moi, cette enveloppe contient quelque chose qui va changer le cours de ma journée, sinon même de mon existence.

Je commence à sourire, perplexe.

Je suis dans l'incompréhension totale.

Était-ce juste un rêve, ou bien ai-je vraiment vécu cela ?

Ma nuit me revient soudainement en mémoire...

Alors, je referme les yeux et j'abandonne tout contrôle.

V

LA PARTITION DES ÉCHOS

Une musique hors du temps.

Julien Morel, jeune pianiste prometteur de vingt-six ans, vit pour la musique.

Depuis l'enfance, il ressent une connexion particulière avec les mélodies anciennes, celles qui semblent porter en elles un fragment du passé.

Son jeu est expressif, habité d'une sensibilité qui le démarque, mais il peine à trouver sa propre voix en tant que compositeur. Chaque note qu'il écrit lui paraît fade, comme si elle était l'ombre d'une musique plus grande, insaisissable.

Julien est un homme discret, presque invisible dans le tumulte de la capitale.

Il vit à contretemps.

Il sort rarement le matin, sauf pour aller chercher du pain, toujours à la même boulangerie, rue des Archives, où la vendeuse, une jeune femme timide aux lunettes épaisses, lui offre parfois un petit pain aux raisins sans le dire. Il la remercie d'un sourire, sans jamais vraiment savoir comment lui parler.

Occupant une petite chambre de bonne depuis des années, il se décida, enfin, de chercher un appartement dans ce quartier qu'il aime et où il a ses habitudes.

Son quartier semble suspendu dans le temps, loin du tumulte des grands boulevards.

Les pavés irréguliers résonnent sous les pas, comme un vieux vinyle qu'on rejoue inlassablement.

Les façades des immeubles, noircies par les décennies de pluie et de fumée, portent les cicatrices de plusieurs siècles, linteaux sculptés, balcons de fer forgé, volets de bois décolorés.

Une odeur mêlée de cire, de livres anciens et de café flotte dans l'air.

Certains citadins le connaissent de vue.

Le libraire, qui lui met de côté des recueils de poésie ou des ouvrages de théorie musicale oubliés.

Le vieil antiquaire, amateur de disques vinyle, chez qui Lucien passe des heures à fouiller.

Et puis, tous les habitués du petit café de la rue du Temple, endroit où il joue parfois, presque toujours en dernière partie de soirée, pour quelques habitués.

Sans oublier la boulangère qui en pince un peu pour lui, sans vouloir lui avouer.

Mais, Paris est une ville où tout est hors de prix, surtout pour lui avec ses maigres revenus.

Toutefois, en flânant au hasard, attiré par une enseigne à moitié effacée, il finit par dénicher un vieil appartement.

L'immeuble, en retrait d'une petite impasse bordée de glycines, semble avoir échappé aux agents immobiliers et aux promoteurs.

Un escalier de bois grince à chaque marche, comme s'il commentait chaque montée.

L'appartement, niché sous les toits, possède des fenêtres en chien-assis, une poutre apparente traversant la pièce et une cheminée en marbre usé.

Rien n'est droit, mais tout a du charme.

C'est un lieu propice au silence, à la rêverie, à la musique.

Comme si le passé avait laissé là une place pour ceux qui cherchent encore.

L'endroit se veut simple.

L'immeuble a plusieurs décennies, aussi sinueuses que ses escaliers.

Construit à la fin du XVIIe siècle sur les fondations d'un ancien couvent, il a d'abord servi de pension bourgeoise, tenue par une veuve d'imprimeur.

On racontait que des écrivains oubliés y avaient logé, payant leur chambre avec des poèmes, et que l'un d'eux, un certain Blaise M., y avait écrit un recueil resté introuvable.

Au XIXe siècle, on a divisé la bâtisse en petits logements pour les ouvriers du Marais voisin. Une légende persiste à propos d'une brodeuse italienne, installée dans la même mansarde que Lucien, qui chantait des lamentos en travaillant la nuit.

Les vieux voisins affirment que, certain soir de vent, on pouvait encore entendre sa voix se mêler aux grincements du bois.

Dans les années 1920, un jeune pianiste de jazz, un certain, Clément, Doucet, ou, peut-être, l'un de ses élèves a repris l'appartement, selon les versions.

Il y répétait avec ses amis jusqu'à l'aube, au point que le plancher vibrait comme une caisse de résonance géante.

Des partitions noircies traînaient parfois dans la cour, parfois emportées par le vent.

Le logement semble avoir accueilli des âmes créatrices, solitaires, mais lumineuses. Lucien se sent dans une étrange continuité.

Rien n'est nouveau ici, mais tout porte la trace d'un passage, comme un carnet de notes dans lequel chacun a griffonné un peu de sa vie.

L'appartement est resté spartiate. Une table en bois, un matelas au sol, quelques livres ouverts à des pages marquées, une lampe articulée.

Dans l'angle le plus sombre de la pièce, recouvert d'un drap jauni, trône un piano, massif, patiné par le temps, laissé par l'ancien propriétaire.

Il retient toute l'attention de Julien. Les touches sont en ivoire et en nacre. Certaines sont fendillées, d'autres jaunies.

Tout tourne autour de lui.

Lucien n'a pas l'intention de garder ce vieux piano. Il pense le faire descendre à la cave ou le vendre à un brocanteur.

Toutefois, musicien et curieux, Lucien ne peut s'empêcher de passer ses doigts sur le clavier terni.

L'instrument a beaucoup servi, mais chaque touche semble encore vibrer d'anecdotes oubliées, d'une étonnante clarté.

Dès qu'il l'effleure, quelque chose se passe.

Quoi ?

Il l'ignore pour le moment.

L'instrument, malgré son âge, a gardé une chaleur dans le bois, une douceur dans les cordes, comme s'il venait d'être joué.

Comme s'il attendait.

Selon l'agent immobilier, il se disait qu'il appartenait à l'histoire du logement.

Il veut en savoir plus sur cet instrument. Il interroge le concierge, un vieil homme bourru. Celui-ci hausse les épaules quand Lucien le questionne.

— Il appartenait à l'ancien locataire, un certain Anton Reber… un nom d'artiste, sans doute. Il jouait tout le temps, mais pas pour les voisins, non. Pour lui-même, ou peut-être pour quelqu'un d'autre, quelqu'un qu'il ne voyait plus.

Le jour de son installation, Lucien découvre que l'appartement ne sonne pas seulement comme un refuge, mais comme une promesse.

Lucien écrit surtout la nuit, quand la ville se fait plus lointaine. Il ne cherche pas à produire, mais à écouter ce qui vient. Il peut passer une heure sur trois notes. Parfois, il n'écrit rien pendant des jours.

Puis, sans prévenir, une phrase musicale s'impose, venue d'on ne sait où. Il appelle cela « l'apparition ».

Il enregistre ses esquisses sur un vieux magnétophone à bande ou sur un mini clavier MIDI relié à un vieux logiciel. Il ne cherche pas la perfection du son. Il aime les aspérités, les souffles, les craquements. Il disait :

— *Je ne veux pas que ce soit propre. Je veux que ça respire.*

Les jours passent, et Lucien se surprend à s'asseoir devant ce piano de plus en plus souvent.

Il improvise, tente des accords, sans but précis.

Mais il sent une présence, discrète, mais bienveillante.

Rien d'effrayant, juste... un souffle, une idée qui passe derrière lui, une intuition dans ses doigts.

Il pense à Anton Reber.

À sa musique restée dans les murs. À ce qu'il avait peut-être perdu, ou attendu toute sa vie. Julien retrouve dans le tiroir du pupitre une clé rouillée et un petit carnet noir. Le carnet noir d'Anton.

À l'intérieur, des portées griffonnées à la main, des fragments de phrases, parfois un simple mot : *nuit, absence, ne pas oublier*. Une page contient ce qui ressemble à une lettre jamais envoyée :

— *Si tu reviens, tu reconnaîtras l'accord. Je le jouerai chaque soir.*

Il le lit et relit parfois le soir, en silence. Il ne cherche pas à comprendre toutes les notes ni à reconstituer les morceaux.

Ce n'est pas une énigme à résoudre.

C'est un compagnonnage. Anton n'est pas un fantôme, et ce n'est pas non plus une muse. Il se tient près de moi, comme une ombre fraternelle, quelqu'un qui a connu le même vertige de créer, les mêmes silences trop lourds.

Intrigué, Julien finit par s'asseoir au piano et a joué les notes du carnet.

Les premières notes hésitent, puis quelque chose s'ouvrit, comme un souvenir qui ne lui appartenait pas.

Chaque touche semble le relier à une mémoire étrangère, mais familière. L'instrument vibre encore de la présence de son ancien maître, comme si la musique pouvait survivre à celui qui l'avait créée.

Et peu à peu, entre les lignes laissées par cet Anton Reber, Julien commence à retrouver sa propre voix.

Et lentement, à mesure que Julien s'imprègne de ces fragments oubliés, ses propres mélodies reviennent.

Non pas en imitation, mais en réponse. Comme une conversation à travers le temps, inachevée, mais vivante.

Julien a grandi dans une famille modeste de la banlieue sud. Elle n'était pas hostile à la musique, mais s'en souciait peu.

Son père, mécanicien, écoutait surtout du blues le dimanche matin en bricolant sa moto.

Sa mère chantait juste, mais sans jamais s'en rendre compte, en préparant les repas.

C'est une professeure de musique du collège qui avait remarqué son ouïe rare, sa mémoire mélodique quasi instinctive.

Elle l'avait inscrit à un petit concours local, et payer ses premières leçons.

C'était la première fois qu'un adulte croyait en lui.

Mais il n'est pas vraiment un musicien classique. S'il a bien reçu cette formation, conservatoire, solfège rigoureux, études harmoniques, il a très vite senti les limites du cadre, le carcan des écoles, la pression de la virtuosité.

Au conservatoire, il a découvert Ravel, Debussy, mais aussi Satie, et c'est ce dernier qui l'a touché profondément.

Pas pour la technique, mais pour ce mystère simple, cette impression que la musique peut flotter, se transformer en une pensée, une prière, une trace.

Ce qui le touche, ce n'est pas l'exactitude d'une interprétation, mais le tremblement entre deux notes, le silence avant une entrée, l'erreur parfois plus vraie qu'un accord parfait.

Il aime aussi les silences de Bill Evans, les claviers rêveurs de Radio Head, les harmonies suspendues de Barbara. Il écoute tout, en vérité, pourvu que la voix contienne un peu de nuits, et la mélodie, un peu de solitude.

Il enregistre des sons de la ville, des pas dans la neige, des vieux vinyles rayés, des cloches d'église. Il dit que ces bruits-là contiennent parfois une beauté plus musicale que mille notes bien jouées.

À vingt ans, il quitte les orchestres et les concours pour chercher ailleurs. Il joue du piano dans des bars, accompagné des chanteuses de jazz, tenté quelques arrangements pour le théâtre.

Il écrit peu, mais note tout.

Des idées de mélodie, des couleurs d'accords, des silences à placer. Sa musique s'apparente à un carnet inachevé, toujours en suspens.

À trente ans, il se trouve à un carrefour incertain.

Ni célèbre ni débutant. *Les projets deviennent rares. Les doutes, eux, deviennent familiers.

Sur le plan personnel, Julien a aimé, une fois, profondément.

Une chanteuse.

Elle s'appelait Irène.

Ensemble, ils ont composé, voyagé, rêvé d'un album à deux voix.

Mais Irène brillait de tout son soleil, tournée vers la lumière, et Julien restait trop souvent dans l'ombre.

Elle était partie, sans fracas.

Depuis, la musique de Julien porte cette absence, sans colère. Comme un morceau inachevé qu'on ne veut pas finir.

Peut-être que c'est pour cette raison que le piano d'Anton l'a tant touché. Parce qu'il est comme lui : rempli de ce qui manque.

Julien n'est pas un héritier de l'école classique, mais un ramasseur d'échos. Ce qu'il compose désormais n'entre dans aucun genre précis.

Sa musique possède une qualité intime, fragile, comme une lettre laissée ouverte. Elle porte le souffle des vivants et des absents, et c'est peut-être cela qui la rend si singulière.

C'est dans cet entre-deux qu'il a trouvé ce logement, cet abri suspendu dans le temps, et le vieux piano d'Anton Reber. Et c'est là, dans cette solitude peuplée d'ombres bienveillantes, qu'il commence à écrire autrement.

Un soir, alors qu'il improvise sans but, Julien se laisse guider par ses doigts. Il joue depuis plus d'une heure, dans un demi-sommeil musical.

Lassé, il s'étire fatigué. Il n'arrivera à rien ce soir. Machinalement et, plus pour s'occuper les mains qu'autre chose, il ouvre le tiroir d'une commode et reprend pour la énième fois la lecture du vieux carnet noir.

Il tourne les pages machinalement lorsque, soudainement, il s'arrête.

Son regard est attiré par quelques lignes de notes qu'il n'avait pas encore remarquées malgré ses nombreuses lectures. L'écriture musicale est incomplète, mais élégante.

— Comment se fait-il que je ne l'aie jamais remarqué ? Je ne suis pas fou. Personne n'est venu l'écrire depuis.

Mais c'est le titre qui l'intrigue le plus :

« Fenêtre de l'autre côté »

Il va se rasseoir devant le piano.

Simple, presque fragile, il joue les quatre mesures suspendues comme un souffle. Il s'arrête, surpris par leur évidence. Il note la mélodie, la rejoue, encore et encore.

Elle lui échappe presque aussitôt qu'il la joue, comme un rêve au réveil.

Dès qu'il a posé ses doigts sur les premières mesures, une sensation étrange l'a envahi.

Un son feutré a résonné dans la pièce, comme une voix murmurée à travers le temps.

Il ressent quelque chose d'inexplicable. Au fur et à mesure qu'il joue, une suite de notes s'impose à lui.

Ce n'est pas un arrangement qu'il découvre, mais il lui semble déjà le connaître.

Cela devient le cœur de sa nouvelle création.

Il bâtit autour d'elle des harmonies modernes, une rythmique sobre.

Chaque soir, il tente de compléter les parties manquantes, improvisant selon son intuition.

Mais un phénomène le déconcerte bientôt.

À mesure qu'il avance, il entend dans ses rêves des fragments de cette mélodie, jouée par d'autres mains que les siennes.

Une ombre assise devant un piano, dans une pièce éclairée à la bougie, reprend ses notes et les poursuit avec une justesse troublante.

Un dialogue silencieux.

Chaque matin, il retrouve de nouveaux fragments écrits d'une encre pâlie sur la partition qu'il a laissée la veille.
Si comme si une autre main avait pris le relais.
Dans un de ses rêves, il voit Anton assis devant un piano, les mains posées sur le clavier.
Leur musique résonne dans l'espace entre eux, liant leurs âmes au-delà des siècles.

Le dernier accord.

Bientôt, il ne lui reste plus qu'une phrase musicale à compléter.
Le bouquet final, en quelque sorte.
Mais il hésite longuement avant de poser les ultimes notes sur le papier.

Julien joue encore une fois la musique dans sa tête.
Puis, il se décide et finit par poser les dcrnièrcs notes sur le papier.
Au matin, la partition est achevée.
Alors, une harmonie absolue envahit la pièce.

Le pianiste lève la tête, le regard empli de gratitude, et interprète l'intégralité de la composition.

Le morceau est court, presque suspendu. Entre la musique et le souffle d'une pièce vide. Il l'écoute parfois la nuit, casque sur les oreilles, sans vraiment se souvenir de l'avoir fini.

Sa structure générale est d'environ dix minutes trente.
Une introduction.
Fond sonore :
Souffle léger du magnétophone, très ralenti.
Ajout progressif :
Un frottement rythmique, comme une branche contre une vitre.
Deux notes de piano espacées, répétées (Ré - Sol), comme un appel lointain.
Le thème principal.
Le motif d'Anton, transposé, quatre notes descendantes, jouées très lentement sur le piano.
En arrière-plan.
Un enregistrement du dehors ;
Une porte d'immeuble qui claque, un pas dans un escalier.

Harmonies mineures flottantes, sans véritable résolution.

Apparition vocale.

Voix de Julien, murmurée, presque inaudible, filtrée comme à travers une cloison.

Extrait du texte.

« tu es passé sans bruit
j'ai reconnu ta silhouette
derrière la fenêtre
de l'autre côté du temps »

Répété une fois, plus bas, plus lent.

Interlude instrumental.

Dissonance douce.

Une corde frappée puis étouffée à la main.

Le motif revient, à l'envers cette fois.

Grésillement volontaire, comme une vieille bande qui s'efface.

Final.

Silence presque complet.

Une seule note tenue, le « mi, étiré », est mélangée au bruit de la rue au loin.

Dernier son.

Une respiration, puis un déclic.

Fin d'enregistremcnt.

La sensation générale est comme si on découvrait un message laissé sur une cassette oubliée.

Quelque chose d'intime, d'un peu hanté, mais jamais pesant.

La texture est un mélange de sons concrets, portes, pas, de frottements et de musique minimaliste, à la frontière entre la composition et l'installation sonore.

Quant à l'Inspiration, elle se situe entre les pièces de Max Richter, l'ambiance lo-fi de Grouper, le piano flottant de Nils Frahm, et les textures sonores de Murcof.

Lorsqu'il l'interprète en entier, pour la première fois, dans un petit café du quartier, il subodore une présence, invisible, mais bien réelle, l'écouter en silence.

Et quelque part, dans un autre temps, un autre piano résonne en écho.

Une femme d'une soixantaine d'années s'approche de lui après le concert. Elle a les yeux brillants, hésite à parler.

— Cette mélodie, lui dit-elle. Je l'ai déjà entendue. Il y a longtemps.

Très longtemps.

Mon père me l'avait jouée… enfin, je crois.

Il parlait d'un voisin musicien, un homme discret, qui vivait seul sous les toits.

C'était avant la guerre. Il disait qu'il jouait toujours cette phrase-là, comme une prière.

Julien reste silencieux.
Il pense au carnet, au piano, aux traces d'Anton Reber dans le bois, dans l'air, dans les pages.
Il comprend alors que cette musique, venue du passé, a trouvé en lui un passage pour continuer à vivre. Pas pour être rejouée à l'identique, mais pour être transformée, transmise autrement.
À partir de ce jour, la présence d'Anton n'est plus seulement une sensation. Elle devient une sorte de complicité muette.
Julien n'a plus peur de créer.
Il a trouvé un frère d'ombre.

Petit à petit, Julien se rend compte que leurs existences se reflètent l'une dans l'autre, comme un miroir temporel.
Désespérément, Anton, incompris et tourmenté, cherchait une reconnaissance qu'il n'avait jamais obtenue.

Julien, quant à lui, était hanté par le doute, incapable de se sentir légitime en tant que compositeur.

Les obstacles que Julien rencontrait dans sa musique semblent avoir été aussi ceux de d'Anton.

Leur lutte est la même, leur quête aussi.

Ils veulent donner naissance à des mélodies, une musique suspendue entre les siècles.

Julien ne signa jamais ce morceau.

Il le déposa anonymement sur une plateforme d'écoute.

Quelques semaines plus tard, un inconnu commenta :

— On dirait que quelqu'un a enregistré un souvenir qu'il n'a jamais vécu.

VI

LE PORTRAIT INACHEVÉ

Peinture miroir.

Lorsque Mathilde pousse la porte du petit atelier de restauration, une odeur d'huile de lin et de vernis la saisit immédiatement.

Elle se laisse guider par cette fragrance familière jusqu'au fond de la pièce, où son maître de stage, M. Lavelle, l'attend devant une toile tendue sur un chevalet.

Mathilde est une jeune restauratrice passionnée par l'histoire de l'art.

À vingt-six ans, elle vient d'intégrer l'atelier de M. Lavelle, une opportunité qu'elle considère comme un tremplin dans sa carrière.

Avec ses cheveux bruns souvent relevés en un chignon négligé et ses lunettes glissant sur son nez lorsqu'elle se concentre, elle possède l'âme d'une chercheuse, toujours avide de percer les mystères des œuvres anciennes.

Son enthousiasme égale son perfectionnisme, ce qui fait d'elle une élève prometteuse.

— Voici ton premier projet, lui annonce M. Lavelle en dévoilant un tableau recouvert d'un voile de crasse et de craquelures.

M. Lavelle est un homme d'une soixantaine d'années, au regard perçant et aux gestes mesurés.

Son atelier, reconnu pour la restauration d'œuvres d'art, attire des étudiants talentueux, mais rares sont ceux qui gagnent réellement son estime.

Il parle peu, mais sait guider ses élèves avec précision, préférant les laisser découvrir par eux-mêmes les subtilités du métier.

Derrière son apparence austère se cache un profond respect pour l'histoire de chaque tableau qu'il restaure.

Mathilde observe l'œuvre.

Un portrait du XVIIe siècle représentant une femme en robe d'apparat, mais dont le visage est à peine esquissé.

Un ovale flou, quelques traits fantomatiques à peine visibles sous la surface usée de la peinture.

— Il semble inachevé, fit-elle remarquer.

— C'est justement ce qui me surprend.

Les couches de peinture suggèrent que quelqu'un l'a terminé, mais l'usure semble avoir effacé le visage...

Comme si le temps l'avait volontairement gommé.

Le projet de Mathilde consiste à restaurer ce portrait en nettoyant la surface, consolidant les parties abîmées et, si possible, révélant les détails effacés par le temps.

Ce travail minutieux nécessite patience et précision, et elle sait que cela constitue un test de la part de M. Lavelle pour évaluer ses compétences.

Intriguée, Mathilde entreprend le travail minutieux de nettoyage et de restauration.

Chaque jour, elle révèle de nouveaux détails.

Le velours grenat de la robe, les perles cousues sur le corsage, l'éclat d'une bague à la main fine et pâle de la femme.

Mais le visage, lui, demeure insaisissable.

Une nuit, incapable de résister à son obsession, Mathilde retourne à l'atelier.

À la lueur tamisée de la lampe, elle fixe le tableau.

Un frisson la parcourt.

L'impression que quelque chose bouge dans la peinture l'a tant submergée qu'elle recule d'un pas.

Est-ce une illusion d'optique ou... un changement réel ?

Lorsqu'elle approche son pinceau, une étrange impulsion guide sa main.

Sans réfléchir, elle trace quelques lignes.

Peu à peu, un visage commence à apparaître sous ses coups de pinceau hésitants...

Ce qu'elle découvre la glace.

C'est son propre visage.

Elle reste figée, le pinceau suspendu en l'air.

Comment cela est-il possible ?

Elle n'a jamais vu ce tableau auparavant.

Et pourtant, les traits qu'elle révèle correspondent indéniablement aux siens.

Tremblante, elle fouille dans les archives de l'atelier.

Après des heures de recherches, elle tombe sur un vieux carnet signé d'un certain Éloi Dufresne, un peintre du XVIIe siècle.

L'un de ses passages la fait frissonner :

« Mon modèle m'apparaît en rêve, chaque nuit plus distincte. Elle me regarde à travers les âges, guidant ma main..., mais à l'instant de poser ses traits définitifs, son image s'efface.

Pourquoi refuse-t-elle de demeurer sur ma toile ? »

Éloi Dufresne a été un peintre talentueux, mais méconnu en son temps.

Sa technique, influencée par le clair-obscur, démontre une finesse remarquable, et, pourtant, peu de ses œuvres ont survécu.

Son journal met au grand jour que ce portrait l'a obsédé, le recommençant sans cesse, comme si son modèle lui échappait à chaque tentative.

Certains passages laissent entendre qu'il croit peindre une femme qui n'existe pas encore, une figure entrevue dans ses songes.

Mathilde referme le carnet, le cœur battant.

L'artiste l'a peinte, avant même qu'elle ne naisse.

Ou alors...

Est-elle, elle-même, en train de finir un tableau commencé il y a plusieurs siècles ?

Le tableau semble agir comme un miroir temporel, un reflet entre deux âmes séparées par les siècles, mais liées par une énigmatique connexion.

Plus Mathilde avance dans la restauration, plus elle ressent un étrange sentiment de déjà-vu, comme si elle connaissait les gestes de l'artiste, comme si une mémoire ancienne guidait sa main.

Elle se surprend à murmurer des phrases qu'elle ne se souvient pas avoir apprises, des bribes de langue archaïque qu'elle reconnaît sans savoir pourquoi.

Des images fugaces traversent son esprit. Une lumière tamisée, l'odeur de la peinture fraîche, un pinceau glissant sur la toile dans un atelier du passé.

Une idée terrifiante et fascinante s'impose alors à elle.

Et si ce tableau servait de pont entre les époques, une œuvre qui ne pouvait être complétée que par l'époque qu'il représente ? L'image inachevée de la femme du XVIIe siècle résonne peut-être avec Mathilde elle-même, comme si son existence avait toujours été liée à ce portrait.

Quand elle revient au chevalet, le visage a disparu à nouveau.

Mais cette fois, elle savait comment réagir. Elle reprit le pinceau, et, cette fois-ci, elle peignit avec assurance, guidée par une force mystérieuse.

Peu à peu, son reflet réapparu, stable, figé dans le temps.

Le lendemain, M. Lavelle observa son travail avec admiration.

— Impressionnant… C'est comme si ce portrait avait attendu ta venue pour être achevé.

Mathilde sourit, mais ne répondit rien. Car elle sait que, d'une certaine manière, c'est exactement ce qui s'est passé.

Le tableau… était inachevé…

Il attendait simplement son véritable modèle pour être terminé.

Elle.

En regardant une dernière fois le portrait, une idée troublante la traverse.

Et si elle n'avait pas seulement restauré une œuvre ancienne ?

Et si elle venait tout juste de boucler une boucle temporelle, en redonnant une existence tangible à une femme qui, à travers Éloi Dufresne, avait déjà cherché à la peindre depuis des siècles ?

VII

LES CARNETS DU GUETTEUR

Le gardien du phare – 1890.

Au lever du jour, dans une fine brume marine, la charmante cité balnéaire de Kervelan se réveille au son apaisant des flots qui caressent ses quais de port.

Ce nom de Kervelan est empreint d'authenticité, combinant les origines bretonnes du mot « Ker » pour désigner un village, et la force du vent marin « velan », qui évoque le vent « gwalarn » d'ouest-nord-ouest.

C'est une ville de marins et de tempêtes, mais aussi de lumière douce et de souvenirs gravés dans la pierre et le vent.

Les maisons en granit, aux volets colorés, s'alignent le long des rues pavées, imprégnées de l'odeur du sel et des embruns marins.

Les pêcheurs, vêtus de vareuses épaisses, réparent leurs filets sous le regard paisible des mouettes perchées sur les mâts des bateaux.

Dominant ce paysage, le phare.

Une sentinelle immobile.

Il se dresse sur un promontoire rocheux battu par les vents. Sa tour blanche et élancée, striée d'une bande rouge, semble défier l'océan.

À la nuit tombée, son faisceau lumineux balaie l'horizon, guidant les marins dans l'obscurité, à la manière d'un vieux gardien veillant sur son peuple.

À marée basse, l'estran dévoile ses trésors. Des algues dorées, des coquillages nacrés et quelques crabes fuyant les pas des enfants qui explorent les rochers.

Sur la place du marché, l'odeur du pain chaud se mêle à celle des fruits de mer fraîchement pêchés, tandis que les voix des habitants résonnent, échappant parfois quelques mots en breton.

Ici, le temps semble suspendu entre terre et mer, entre légendes et réalité.

Au moment où Victor Lemoine commence à travailler comme gardien du phare de la pointe des Tempêtes, il ne se doute pas que sa solitude sera peuplée de souvenirs du passé.

L'édifice, dressé devant l'immensité de l'océan, se dresse comme un monstre de pierre battu par les vents, où les hommes se succèdent sans jamais s'attarder trop longtemps.

Un soir, alors qu'il explore un réduit oublié sous l'escalier en colimaçon, Victor tombe sur un carnet rongé par l'humidité.

L'encre en est estompée par endroits, mais les mots s'imposent à lui avec une clarté troublante.

L'auteur, un certain Charles Belland, avait occupé le poste un siècle plus tôt, en 1790. Ses écrits détaillent non seulement la vie quotidienne d'un gardien de phare, mais aussi des visions inexplicables.

Des silhouettes entrevues dans la brume, des voix dans le vent, et surtout, des événements qui semblent préfigurer ceux que Victor vivait à son tour.

D'abord intrigué, il se prend au jeu de la lecture, s'amusant à vérifier si les prédictions de Belland se réalisent.

Mais plus il avance, plus l'étrange impression d'être observé grandit.

Chaque tempête décrite dans le carnet coïncide avec les colères de l'océan qu'il affronte. Chaque nuit d'insomnie du gardien d'antan devient la sienne.

Et un soir, à la lueur de sa lampe, il lit une phrase qui le fige :

« Aujourd'hui, j'ai trouvé ce carnet sous l'escalier. »

Victor le lâche immédiatement comme s'il l'avait brûlé.

Il venait lui-même de le découvrir quelques jours plus tôt.

Était-ce une coïncidence ou un avertissement ?

Obsédé, il poursuit la lecture, et l'inquiétude fait place à une certitude glaçante ;

Les derniers mots de Belland, à la dernière page du carnet, sont écrits par quelqu'un d'autre.

Ils viennent de lui, Victor.

Des phrases qu'il n'a pas encore écrites, mais qui racontent sa prochaine expérience.

Comme s'il était condamné à répéter une histoire déjà inscrite dans le temps.

Il se met alors à écrire à son tour, dans un cahier vierge qu'il avait apporté en arrivant au phare.

Les premiers jours, il tente d'infléchir son propre destin, notant des actions différentes, des choix contraires. Mais chaque soir, les lignes du carnet de Belland se réécrivent sous ses yeux, alignant à l'identique ce qu'il vient d'écrire dans le sien.

Un cycle le piège.

Puis, un soir, alors qu'une tempête d'une violence inouïe s'abat sur la côte, il lit la dernière phrase de son propre carnet :

« Et maintenant, quelqu'un d'autre lira ces lignes. »

Le prévisionniste de la météo en 1990.

Un siècle plus tard, Paul Hébert est chargé d'automatiser le vieux phare, dernier vestige d'une époque révolue.

Il ne doit y passer que quelques semaines, le temps de démonter les mécanismes et d'installer le nouveau système de surveillance à distance.

Lorsqu'il fouille dans l'ancien bureau du gardien, il découvre un carnet jauni.

Ce sont les écrits d'un certain Victor Lemoine, datant de 1890.

Par curiosité, il s'y plonge.

169

Les premières lectures constituent une distraction, un témoignage historique intéressant.

Mais très vite, les coïncidences commencent. Les descriptions des lieux, des craquements du phare, des cris des mouettes, dans la nuit... tout correspond mot pour mot à ses expériences.

Pire encore, le carnet parle d'un homme du futur, chargé d'automatiser le phare.

Paul sent un frisson glacé lui parcourir l'échine lorsque, arrivé aux dernières pages, il lit :

« Il trouvera ce carnet sous une latte du plancher et croira à une plaisanterie. Mais il lira jusqu'au bout. Et alors, il saura. »

Il referme brutalement le cahier et jette un regard inquiet autour de lui. Il est seul.

Et pourtant, il sent la présence du passé peser sur lui.

Il hésite à continuer sa lecture. Mais une question brûlante le taraude.

— Si le carnet parle de lui, cela signifie-t-il qu'il doit à son tour écrire ?

Il ouvre un nouveau cahier, pose sa plume et écrit, d'une main tremblante :

« Aujourd'hui, j'ai trouvé un carnet sous une latte du plancher… »

VIII

LE REFLET D'AMBRE

L'acquisition.

Le marché aux puces de Saint-Ouen, situé aux portes de Paris, est l'un des plus grands et des plus célèbres marchés d'antiquités et de brocante au monde.

Avec ses sept hectares et ses un peu plus de mille sept cents marchands, il attire chaque année des millions de visiteurs, qu'ils soient chineurs passionnés, collectionneurs avertis ou simples curieux à la recherche d'un trésor caché.

Ce n'est pas un simple marché, c'est un véritable village dans la ville, constitué de plusieurs marchés distincts, chacun avec son ambiance et sa spécialité.

Parmi les plus emblématiques, on compte le marché Vernaison.

C'est l'un des plus anciens, avec ses petites allées pleines de charme où l'on trouve une multitude d'objets vintage, des affiches anciennes, des jouets d'autrefois et des meubles d'époque.

Le marché Paul Bert-Serpette, quant à lui, occupe la place la plus prestigieuse ; il est prisé des décorateurs et des collectionneurs du monde entier.

On y trouve des pièces rares, du mobilier Art déco, du design du XXe siècle et des œuvres d'art de grande valeur.

Le marché Biron reste un incontournable pour les amateurs d'objets de luxe et d'antiquités haut de gamme, allant de la peinture classique aux meubles de style Empire.

Le marché Dauphine, est couvert et le plus moderne.

Il regroupe des antiquaires, mais aussi des disquaires, des libraires et des stands de mode vintage.

Le marché Malik, le plus orienté sur la mode et le streetwear, a un esprit plus jeune et tendance.

Le marché Jules Vallès est l'endroit idéal pour les chineurs à la recherche de bonnes affaires et de pièces insolites.

Se promener dans les allées des Puces de Saint-Ouen, c'est voyager dans le temps.

On passe des vitrines Art Nouveau aux meubles industriels, des bijoux anciens aux vinyles des années 70, des gravures du XVIIIe siècle aux vestes militaires vintage. L'ambiance y est à la fois dynamique et conviviale, rythmée par les discussions passionnées entre vendeurs et acheteurs, la musique d'un stand de disques vinyle ou encore l'odeur du café émanant des bistrots typiques.

C'est dans le marché Paul Bert-Serpette qu'Anna flâne parmi les étals poussiéreux d'une brocante installée sur une place pavée, un dimanche d'automne. L'air encore tiède, mais chargé de cette lumière oblique qui adoucit les angles. Elle aime ces matins incertains où la ville semble, s'être tue.
Elle n'a pas de but précis, seulement une envie d'objets anciens, chargés d'histoire.
Seuls quelques badauds feuillettent des livres anciens ou retournent des assiettes en porcelaine, tandis que les brocanteurs, emmitouflés dans des manteaux fatigués, surveillent leurs étals avec cette résignation familière aux vieux marchés.

Le sol pavé est moucheté de feuilles mortes, et l'odeur mêlée de cire, de tissu ancien et de poussière flotte doucement dans l'air.

Anna passe lentement, les mains dans les poches, effleurant parfois du bout des doigts le velours râpé d'un fauteuil ou la tranche gondolée d'un recueil oublié.

Elle ne cherche rien, et c'est justement la raison de sa présence.

Car, les chineurs le savent bien, c'est lorsque l'on ne cherche rien que l'on trouve.

Son regard glisse sans s'arrêter, jusqu'à ce qu'un détail l'arrête, imperceptible pour d'autres, un éclat timide, une lueur effacée, à moitié dissimulée sous une pile de cadres bancals posés de guingois contre une cloison de bois.

Elle s'approche, penche la tête, écarte quelques toiles sans éclat, et découvre un miroir ovale, à moitié enseveli sous les montants peints et les dorures écaillées.

Le cadre, ovale, est enchâssé dans un cadre d'acajou, finement sculpté, parcouru de volutes et d'arabesques, comme des veines qui serpentent le long du bois, évoquant un lierre ancien figé dans l'élan de sa croissance. Le plus fascinant, ce sont les gravures délicates qui courent sur le bord du verre, presque effacé par le temps. Des symboles étranges, à peine visibles sous la patine des siècles.

Mais ce qui l'hypnotise véritablement, c'est le verre lui-même.

Il n'a pas l'éclat froid des miroirs modernes, mais une profondeur trouble, presque liquide, comme si l'on pouvait y tomber. Sur le bord du verre, à peine visible, se propagent des gravures délicates. Des motifs floraux, des lettres anciennes peut-être, ou signes oubliés, que le temps a effacés presque entièrement, mais pas tout à fait.

Anna se penche. Son reflet, fragmenté par les jeux de lumière, se superpose aux motifs effacés. Elle tend la main, sans réfléchir, et effleure le verre du bout des doigts. Une sensation étrange la parcourt, non pas de froid, mais comme une mémoire familière, un souvenir qui n'est pas le sien.

Elle reste immobile quelques instants, la main posée sur le miroir, comme si elle attendait qu'il lui souffle quelque chose. Le vacarme distant du marché s'est estompé, étouffé derrière la bulle étrange dans laquelle elle s'est glissée.

On aurait dit que le monde s'était ralenti.

Une bourrasque fit frémir la toile suspendue au-dessus de l'allée, faisant voler une poignée de feuilles dorées contre les vitrines.

Le miroir, lui, demeurait impassible.

Elle ne sait pas pourquoi, mais elle comprend à cet instant qu'elle ne repartirait pas sans ce miroir.

— Vous avez l'œil, lui dit une voix venant de derrière elle.

Anna sursaute à peine. Elle se retourne.

Un homme d'une soixantaine d'années, à la barbe poivre et sel et aux yeux d'un gris pâle, l'observe, accoudé à un fauteuil Louis XVI un peu déchiré. Il porte une veste en velours brun, élimée aux coudes, et tient une tasse de café noir dans une main tachée d'encre.

— Il date de la nuit des temps, vous savez.

Elle hésite, puis demande :

— Vous savez d'où il vient ?

Le brocanteur hausse légèrement les épaules.

— Pas vraiment. Une succession.

Il traîne là depuis des années, continue-t-il. Tout le monde le voit, personne ne le regarde. Vous êtes la première à vraiment vous arrêter.

C'est le genre de chose qui arrive ici sans qu'on sache comment. Une succession, un grenier vidé, un héritage qu'on n'a pas voulu garder.

Il dégage quelque chose, n'est-ce pas ?

On dirait qu'il vous regarde autant que vous le regardez.

Elle hocha lentement la tête. Il a raison. Ce n'est pas seulement son reflet qu'elle voit, c'est autre chose.

Comme une impression, une présence.

À travers la surface un peu terne, elle croit deviner une pièce, l'ombre d'une fenêtre arrondie, un éclat de lumière venu d'un autre temps.

Elle cligne des yeux.

Rien.

— Il est ancien ? demanda-t-elle.

— Je crois qu'il appartenait à une vieille demeure du côté de la vallée d'Anjou. Je pense qu'il date du XVIIIe siècle, début XIXe, peut-être plus vieux.

Le cadre, en acajou de Cuba, a été travaillé à la main.

Et ces gravures... ajouta-t-il en s'approchant, on en comptc peu.

Ça ressemble à du travail artisanal. Certains pensent que ce sont des symboles de protection. D'autres disent que ce sont des initiales.

Mais moi, je crois que c'est plus ancien encore.

Il marque une pause, son regard se perdant dans les gravures.

— Une sorte de légende..., poursuit-il à voix plus basse, presque malgré lui. On dit que ce miroir aurait appartenu à une femme qui voyait les souvenirs des objets.

Une espèce de liseuse du passé. Elle l'aurait fait faire sur mesure. On dit que quelqu'un a soufflé le verre dans un atelier qui n'existe plus depuis deux siècles.

Anna sent un frisson la parcourir, sans savoir si c'est l'histoire ou le froid.

— Il est à vendre ? murmura-t-elle.

Le brocanteur hoche la tête, puis ajoute avec un sourire énigmatique :

— Pour vous, oui. Il vous a choisie.

Anna ne réfléchit pas longtemps.
Quelque chose d'irrésistible se dégage de cet objet, comme s'il l'appelait silencieusement.

Elle l'achète sans négocier le prix. Elle sait déjà qu'elle repartirait avec lui. Tandis qu'il emballe soigneusement le miroir dans un tissu ancien, Anna se demande ce qu'elle y a vu, et pourquoi elle a l'impression que, désormais, quelque chose a changé. Comme si le miroir ne s'était pas contenté de lui montrer une image, mais lui avait ouvert une porte.

La première apparition.

Le soir même, elle installe le miroir dans sa chambre, contre le mur, face à la fenêtre. Il trône désormais encore enveloppé dans le tissu rêche à motifs floraux que le brocanteur a utilisé pour le protéger.

Il y a quelque chose d'intimidant à l'idée de le découvrir hors du tumulte du marché, dans le silence domestique. Anna a attendu la tombée du soir pour le déballer, presque comme un rituel.

Si à la lumière du jour, il lui semblait ordinaire, bien que son verre soit teinté d'une nuance dorée, comme si le temps l'avait imprégné d'un éclat d'ambre.

Mais c'est à la tombée de la nuit que tout change.

Elle écarte doucement le tissu. L'acajou sculpté paraît encore plus sombre et profond dans cette lumière douce. Les arabesques prennent un relief inattendu, presque mouvant.

La lumière déclinante filtre par la grande fenêtre, dessinant des ombres allongées sur le parquet.

Le verre, lui, semble plus opaque que dans le marché ou, plutôt, il absorbe la lumière comme un plan d'eau figé à l'ombre.

Elle s'accroupit devant lui, et s'observe un instant. Son reflet est bien là, mais comme traversée d'un voile. Pas flou, pas déformé, mais altéré. Elle se rapproche, fronçant les sourcils. Les gravures sur le bord du miroir semblent un peu plus nettes à la lumière du soir. Des filigranes. Peut-être des lettres. Elle penche la tête, plisse les yeux.

Alors qu'elle se prépare pour se coucher, elle jette un dernier regard distrait au miroir et s'arrête net.

Sur le miroir embué apparaît **A.**

Puis un **C,** ou une arabesque ?

Un souffle glacé effleure sa nuque.

Elle se retourne. Rien.

Elle revient à la surface du miroir.

Quelque chose a changé.

Ce n'est plus sa chambre qu'elle voit derrière son reflet. Elle se penche brusquement.

Non. Ce n'est pas possible.

Un décor apparaît dans le verre, indistinct, tremblant comme une image sous l'eau. Une pièce haute de plafond, éclairée par des bougies, avec des murs tapissés de livres. Une table ronde.

Une silhouette assise.

Le reflet n'est pas le sien.

Ou plutôt, il l'est... mais altéré.

Une femme, de profil, penchée sur quelque chose qu'elle écrit.

La jeune aristocrate.

Les nuits suivantes, Anna observe le miroir à la même heure, et la mystérieuse femme réapparaît chaque fois. Elle porte des robes somptueuses, des coiffures élaborées, et son regard semble hanté.

Peu à peu, Anna comprend qu'elle tente de communiquer.

Elle se plonge alors dans des recherches sur le miroir. Grâce au Grand livre du Sceau qui recense les familles de la noblesse française authentique à l'indice de la vallée d'Anjou, elle découvre une ancienne famille noble ayant vécu dans la région au XVIIIe siècle. Les archives mentionnent une jeune femme du nom d'Adélaïde de Montbray... et elle a mystérieusement disparu en 1789, peu avant la Révolution.

Adélaïde. L'initiale tracée dans le miroir.

Anna comprend alors que son reflet appartient à cette femme, piégée dans un moment figé du passé.

Et qu'elle tente de lui transmettre un message.

Anna se redresse d'un coup, le cœur battant. Lorsqu'elle regarde à nouveau, l'image a disparu.

Elle fait quelques pas, la gorge sèche.

Doit-elle s'inquiéter ?

Ou... continuer ?

Elle se souvient des mots du brocanteur.

— *Elle voyait les souvenirs des objets.*

Était-ce cela que ce miroir montrait ?

Des souvenirs ?

Des fragments ?

Des histoires enfouies dans les fibres du monde ?

Après de nombreuses tentatives pour comprendre, Anna décide de l'imiter et trace sur le miroir après l'avoir embué la lettre « **A** » sur le verre.

La jeune femme, dans le miroir, hoche la tête puis, lentement, fait de même. Elle lève la main et trace un signe dans l'air.

Une lettre.

Un « **A** ».

Anna sent un frisson lui parcourir l'échine.

Qui est-elle ?

Le lendemain soir, son image est de retour, vêtue différemment, dans un décor qui n'est pas sa chambre.

Derrière elle, une pièce inconnue, éclairée à la lueur de bougies, avec des meubles d'une autre époque.

Et surtout, la femme qui la regarde avec une expression troublante, comme si elle la voyait elle aussi.

Anna recule, le cœur battant.

La femme dans le miroir l'imite, puis ouvre la bouche comme pour parler. Aucun son ne traverse la surface.

Sans vraiment réfléchir, elle pose la main à nouveau contre la surface. Un frisson la parcourut. Cette fois, ce n'était pas seulement une image.

Elle entendit quelque chose.

Un murmure.

Une note.

Une voix. Très lointaine.

Puis une sensation de vertige, de bascule.

Et elle comprit qu'elle venait de franchir quelque chose.

Elle ouvre les yeux, ou du moins en eut l'impression.

Autour d'elle, la lumière se réchauffe, devient dorée, filtrée par des vitres anciennes légèrement bombées. Elle se tient dans une pièce qu'elle ne connaît pas, et pourtant quelque chose lui semble familier, comme un rêve qu'on a fait mille fois sans jamais s'en souvenir. Les murs sont recouverts de bois sombre, patiné par le temps, et d'étagères pleines de volumes reliés de cuir. Une odeur de cire, de poussière et d'encre flotte dans l'air.

Devant elle, à quelques pas, la femme qu'elle a entrevue dans le miroir écrit à la plume, la main légère et rapide, sans lever les yeux. Elle porte une robe de laine brune, simple, serrée à la taille par un cordon, et ses cheveux sont relevés sous une coiffe ivoire brodée de fil doré.

— Vous êtes venue, dit-elle sans se retourner.

La voix se veut douce, légèrement grave. Pas étonnée. Pas inquiète.

Anna sent son cœur cogner dans sa poitrine.

— Où... suis-je ? balbutie-t-elle.

La femme lève enfin les yeux et se tourne vers elle. Son regard d'un vert pâle, presque translucide, l'éblouit.

— Là où le miroir vous a portée. Dans un souvenir ancien.

Mais attention ! Ce que vous voyez ici n'est pas le passé, c'est sa mémoire. Une trace.

Un écho.

Anna fait un pas en avant. Le parquet craque sous ses pieds. Elle regarde ses mains. Elles semblent réelles. Elle est entièrement là.

Pas spectatrice, mais présente.

— Qui êtes-vous ?

— Cela dépend de l'époque, dit-elle avec un mince sourire. Certains m'appellent Adélaïde ou Clara. D'autres, La Veilleuse. J'écris ce que les objets m'ont raconté.

Et vous, Anna, vous avez ce don, vous aussi.

Voilà pourquoi le miroir vous a appelée.

Anna sent le vertige revenir, mais il se présente différemment cette fois.

Un appel, un fil invisible la lit à cette femme, à cette pièce, à ces livres. Elle s'agenouille lentement près de la table.

— Que dois-je faire ?

Clara lui tend un carnet, relié de cuir, et un crayon d'un autre âge.

— Écouter. Regarder. Et écrire. Le miroir ne vous montrera rien sans raison. Chaque vision que vous y verrez, vous rapprochera de quelque chose que vous avez oublié... ou que vous devez découvrir.

Anna prend le carnet. Le cuir sent la chaleur du corps humain, comme s'il venait d'être tenu dans une main. Elle se tourne vers la fenêtre.

Au loin, des toits d'ardoises, un clocher.

Paris, oui... mais ancien. Très ancien.

— Je vais pouvoir revenir ? demande-t-elle.

— Cela dépend. Parfois, ce sont les souvenirs qui reviennent à vous.

Et déjà, la pièce s'efface, les couleurs se diluent, la lumière se brise en éclats.

Anna ferme les yeux.

Quand elle les rouvre, elle se retrouve dans sa chambre. La nuit est tombée, et le miroir

brille doucement dans l'ombre, comme s'il retenait encore la lumière de l'autre côté.
Dans sa main, elle tient un carnet.

Le carnet est bien réel, tangible.
Anna en caresse la couverture, les doigts tremblants. Il semble ancien, mais en parfait état, comme s'il avait attendu tout ce temps qu'on le tienne. Le cuir porte de fines marques d'usure, douces comme des rides sur une peau familière.
Aucun titre, aucun nom.
Elle s'assoit au bord de son lit, le carnet posé sur ses genoux.
Un silence dense remplit la pièce, comme si même la ville retenait son souffle.
Elle ouvre la première page.
L'écriture est fine, élégante, légèrement penchée vers la droite. À l'encre noire, presque brune, comme si le temps l'avait bue lentement.
Pas de date, mais une phrase :

« *Je me souviens des voix enfermées dans les miroirs.* »

Anna reste immobile, le cœur suspendu. Elle tourne la page.

« Chaque objet conserve une empreinte. Un éclat de ce qu'il a vu, touché, traversé. Les miroirs, eux, ne font pas qu'observer. Ils recueillent. Ils gardent trace des détails que l'œil a tendance à oublier. »

D'autres pages suivent, écrites de la même main, mais entrecoupées de fragments, comme des visions brèves. Certaines pages sont presque des poèmes, d'autres des descriptions minutieuses, comme un journal de la vision de Clara ou de La Veilleuse.

« Ce miroir a connu la chambre d'une couturière à Avignon, en 1643. Le reflet d'un homme s'y est imprimé, juste avant qu'il parte à la guerre. Il n'est jamais revenu, mais son regard est resté. »
« Une enfant s'y est vu pleurer chaque soir pendant deux hivers, dans une maison près de Cracovie. Le miroir s'est terni à force de douleur. »

Puis, sur une page à moitié déchirée, une mention.

« Une autre viendra. Elle portera un prénom d'ombre douce. Elle devra rassembler les éclats. Pour comprendre. Pour réparer. »

Anna s'arrête.

« Une autre viendra. »

Elle.
Après avoir tourné encore quelques pages, haletante, et elle découvre alors un dessin.
Une esquisse rapide, faite à la plume.
Un visage.
Le sien ou celui d'une femme qui lui ressemble étrangement.
Et en dessous :

« Elle a déjà été là, autrefois. Elle revient. »

Un choc intérieur, profond, presque une détonation sourde. Elle ne sait plus si elle lit un texte ancien ou un message qui lui est adressé, ici, maintenant.
Ou les deux à la fois.
Elle referme lentement le carnet, le tenant contre elle comme un talisman. Le miroir brille faiblement dans l'ombre, toujours silencieux.
Mais elle sait que ce n'est que le début.

Le dernier reflet.

Anna reste un instant figée devant la page du carnet.

L'encre semble encore humide, comme si Adélaïde ou Clara elle-même venait de l'écrire, ici, dans cette maison où le silence avait tout recouvert depuis plus d'un siècle.

Un courant d'air passe.

Léger.

Inexplicable.

Elle s'avance, poussant une porte qui tient à peine sur ses gonds. La salle principale semble déserte, mais les murs racontent encore. Des crochets rouillés.

Des étagères penchées. Une table basse renversée. Mais surtout, au fond, à demi dissimulé derrière un drap rongé par le temps, un miroir.

Le cœur battant, Anna s'approche. Elle tire le tissu. Le cadre se veut plus simple que celui qu'elle a trouvé aux puces, mais le verre... le verre vibre.

Littéralement.

Comme la surface d'un lac au premier souffle du vent.

Elle se voit dans le miroir, mais *pas seule*. Une silhouette se tient à ses côtés. Adélaïde ou la Veilleuse, telle qu'elle l'avait vue lors de sa première traversée.

— Tu es revenue, dit-elle.

Anna hoche la tête, incapable de parler.

— Alors, tu peux terminer ma tâche inachevée.

Clara tend la main. Elle ne l'effleure pas, ne la traverse pas. Elle la touche. Comme si la frontière avait disparu.

— Le miroir que tu as trouvé n'est pas un objet. C'est un seuil. Peu d'entre eux existent. Celui-ci est le dernier. Les autres ont été brisés... ou oubliés. Tu es la dernière à pouvoir entendre ce qu'ils ont encore à dire.

Anna sent une chaleur monter en elle. Une forme de paix, mais aussi une responsabilité ancienne.

— Et si je refuse ? demanda-t-elle.

Clara sourit tristement.

— Tu oublieras. Tout. Ce carnet, cette maison, même mon nom. Tu reviendras à ta vie, avec, juste, un creux quelque part. Une note en moins dans ta chanson.

Un silence.

— Et si j'accepte ?

— Alors tu resteras. Pas ici, pas dans ces murs. Tu deviendras comme je suis.

Une Veilleuse.

Celle qui entend les oublis des autres. Celle qui relie.

Anna regarda autour d'elle. Le lieu, le carnet, les voix. Sa vie d'avant, soudain lointaine, comme un rêve éteint. Elle ferme les yeux, inspira profondément... et murmure :

— Je reste.

Et au moment où elle prononce ces mots, le miroir s'illumine doucement, comme si une étoile s'y était allumée. Le carnet dans ses mains se transforme lentement, les pages vierges se remplissant d'écriture, *sa* propre écriture.

Elle n'est plus l'invitée du passé.

Elle en est devenue la mémoire vivante. Elle est devenue la Veilleuse.

Le dernier regard.

Le soir même, Anna se place devant le miroir avec le coffret entre ses mains. Adélaïde apparaît une dernière fois.

Elles se regardent longuement.

Un sourire soulagé se dessine sur les lèvres de la jeune aristocrate, puis son image s'efface lentement... et ne reviendra jamais.

Le miroir, lui, reste.

Mais désormais, il reflète un autre visage, celui d'Anna.

Une simple surface d'ambre, en attente d'une autre histoire à transmettre.

Épilogue.

Quelques années plus tard, un jeune homme déambule dans les allées du marché Paul Bert-Serpette.

C'est un dimanche d'automne.

Il fouille parmi les cadres empilés, et un miroir ovale, en acajou finement sculpté, l'attire.

Sur le bord du verre, presque effacées, des gravures discrètes serpentent.

Et dans le reflet...

Un visage de femme, qu'il ne connaît pas, lui sourit.

*

IX

LES LETTRES DU CRÉPUSCULE

La Trouvaille.

Sarlat-la-Canéda en Dordogne est une ville de province qui se caractérise par un mélange d'histoire, de traditions et de douceur de vivre, loin de l'agitation des grandes métropoles.

Son centre-ville, organisé autour d'une place principale, est bordé de bâtiments anciens en pierre ou en briques, certains, ornés de balcons en fer forgé ou de volets colorés.

Une mairie imposante, une église au clocher dominant et quelques cafés aux terrasses animées donnent à l'endroit une atmosphère chaleureuse et conviviale.

Les rues pavées et bordées d'arbres serpentent entre les maisons à colombages, les hôtels particuliers et les immeubles modestes aux façades parfois défraîchies, mais pleines de charme.

Ici et là, diverses boutiques.

Une librairie ancienne côtoie une boulangerie où l'odeur du pain chaud s'échappe dès l'aube.

Un petit marché sous les halles où les producteurs locaux vendent leurs fromages et légumes de saison.

Les quartiers résidentiels alternent entre pavillons aux jardins fleuris et immeubles plus récents, souvent construits dans le respect du patrimoine architectural environnant.

Un parc ombragé, parfois bordé d'une rivière ou d'un canal, offre un lieu de détente aux habitants, qui s'y promènent en famille ou s'y retrouvent pour des fêtes locales.

À la tombée du jour, la ville s'illumine doucement.

Les réverbères jettent une lumière dorée sur les façades, tandis que les rires et les conversations s'élèvent des bistrots et des petits restaurants où l'on déguste des spécialités régionales.

Dans cette ville de province, le temps semble s'écouler plus lentement, porté par le rythme des saisons et des traditions.

Antoine Mercier, le bibliothécaire de la ville, passe ses soirées à classer les archives de la bibliothèque municipale.

Il aime l'odeur du papier ancien, le murmure du vent contre les vitraux et la sensation d'être le gardien d'histoires oubliées.

Un soir d'automne, alors qu'il explore un vieux coffre en bois relégué au sous-sol, il découvre une liasse de lettres soigneusement ficelée avec un ruban bleu fané.

L'écriture élégante, tracée à l'encre sépia, date du début du XXe siècle.

Curieux, il déroule la première feuille et commence à lire.

« Cher Monsieur Mercier, je ne sais si mes mots vous parviendront un jour, mais quelque chose me pousse à écrire.

Chaque soir, dans le crépuscule naissant, une étrange impression m'envahit.

C'est celle d'une présence, invisible, mais bienveillante, qui me guide.

Est-ce vous ?

Je suis seule, et, pourtant, j'ai la certitude que quelqu'un m'écoute, quelque part, à une époque que je ne peux concevoir. »

Antoine fronce les sourcils. Ce nom, son propre nom, est mentionné dans une lettre datée de 1902.

Impossible.

Un dialogue hors du temps.

Intrigué, il parcourt les autres lettres.

Elles sont toutes signées d'une certaine Éléonore Vallès, une femme dont il ne trouve aucune trace dans les archives locales.

Au fil des missives, il découvre qu'elle vivait dans la même ville que lui, mais près d'un siècle plus tôt.

Plus troublant encore, elle y décrit avec une précision déconcertante des événements récents que lui seul a vécus.

Une panne d'électricité dans la bibliothèque, une averse soudaine qui l'avait surpris la veille, un livre rare qu'il avait consulté dans l'après-midi.

L'idée est insensée, mais une question s'impose à lui.

— Et si ces lettres lui étaient réellement adressées ?

Pris d'une impulsion qu'il ne s'explique pas, il se saisit d'une feuille et rédige une réponse.

« Chère Éléonore,
Votre lettre m'est bien parvenue, contre toute logique.
Qui êtes-vous ?
Comment connaissez-vous ces événements ?
Et surtout, comment puis-je vous répondre alors que nous sommes séparés par un siècle ? »

Il glisse sa lettre dans une enveloppe, l'insert dans la liasse et range le tout dans le coffre.
En rentrant chez lui, il prend conscience de l'absurdité de ce qu'il a fait.
Après coup, il considère son geste comme stupide.
Pourquoi avoir fait cela ?
Pourquoi avait écrit cette lettre ?
Il l'ignore.
Cela n'avait aucun sens.
Qu'est-ce qui l'avait poussé à le faire ?
Une interaction spontanée, sans doute. Une impulsion, une réaction élémentaire automatique et rapide en réponse à une stimulation sensitive spécifique, capable de traduire en influx nerveux et d'y réagir.
Il l'ignore.
Cela n'avait aucun sens.

Après tout, cela ne faisait de mal à personne et d'oublier son acte.

Le lendemain soir, de retour à la bibliothèque, il reprend son travail de classement.
Au bout d'une heure, sa curiosité est trop forte.
Il dénoue fébrilement le ruban bleu de la liasse de lettres.
Sa lettre a disparu.
À la place, une nouvelle missive l'attend.

« Monsieur Mercier,
Je savais que vous répondriez. Vous ne pouvez imaginer ce que cela signifie pour moi. Vous êtes mon seul lien avec l'inconnu qui me hante. Mais je crains que ce que nous faisons ne soit pas sans conséquence... »

Antoine immobile, les yeux grands ouverts, regarde incrédule, dans le vide.

Les effets du passé.

Plus Antoine échange avec Éléonore, plus il comprend qu'il influence son époque.

Lorsqu'il lui conseille de ne pas emprunter une rue sombre qu'elle mentionne comme inquiétante, elle lui répond quelques jours plus tard qu'elle a suivi son conseil et évité un incident.

Petit à petit, il réalise que ses mots façonnent son destin.

Mais jusqu'où pouvait-il aller ?

Un soir, elle lui parle d'un homme étrange qui l'épi depuis plusieurs jours.

Un inconnu vêtu de noir, qui semble savoir qu'elle communique avec quelqu'un.

« Je ressens une menace, Antoine. Si quelque chose m'arrive, je vous en supplie, trouvez-moi. »

Son cœur s'emballe. Il doit savoir qui elle est vraiment, ce qui lui est arrivé, et pourquoi son nom a traversé le temps pour atteindre ces lettres.

Les jours suivants, Antoine n'est plus tout à fait lui-même.

Il travaille mécaniquement à ses tâches habituelles, mais son esprit reste absorbé par les lettres d'Éléonore.

Chaque mot, chaque tournure, chaque détail de son écriture cursive semble murmurer à son oreille. Il se surprend à répondre à ses lettres, déposant ses mots dans un carnet de cuir qu'il glisse ensuite dans le coffre, comme s'il était possible qu'elle les lise.
Et elle les lit.
Dans la liasse suivante, apparue mystérieusement dans le coffre quelques jours plus tard, Éléonore répond à sa dernière lettre. Elle parle d'un rêve étrange où elle le voit dans un lieu rempli de livres, une pièce qu'elle ne connaît pas, mais qu'elle décrit avec une précision troublante :

"Il y avait une grande horloge qui ne sonnait plus, et la lumière passait à travers une verrière poussiéreuse. Vous étiez, là, assis à une table, votre main tremblait légèrement alors que vous écriviez."

C'est bien la salle des archives.
Antoine sent que les barrières du temps vacillent. Il décide de mener une enquête sur Éléonore.

Le dernier message.

Aux archives départementales, il fouille les registres de 1902.

Il trouve enfin une piste : Éléonore Vauclair, née en 1878, institutrice, a disparu en novembre 1902 dans des circonstances non élucidées.

Après des heures de recherches, il finit par retrouver une brève mention d'Éléonore Vallès dans un journal de 1902.

Une note en marge :

"Affaire classée. Fuite amoureuse suspectée."

Elle a disparu sans laisser de trace.

Le dernier article la mentionnant rapporte qu'elle a été vue pour la dernière fois par des voisins, sortant de chez elle à la tombée de la nuit, comme si elle avait rendez-vous avec quelqu'un.

Antoine relit leur dernière correspondance. Son dernier message est plus court que d'habitude, comme précipité.

« Il est là. Il sait. Si vous lisez ceci…, il est peut-être déjà trop tard. »

Le souffle court, Antoine observe le coffre.

Doit-il lui écrire une ultime fois ?

Lui dire de fuir ?

Mais alors qu'il pose la plume sur le papier, il sent un frisson remonter le long de sa colonne vertébrale.

Derrière lui, une ombre s'étire contre le mur. Dans le silence de la bibliothèque, une page se tourne toute seule.

Mais Antoine connaît la vérité : ce n'est pas une fuite.

Dans la lettre suivante, Éléonore confie que l'homme en noir s'est approché d'elle et l'a appelée par son nom complet, comme s'il savait tout d'elle.

"Il m'a dit que j'avais trahi les lois du temps. Qu'il n'était pas encore trop tard pour réparer ! Je ne comprends pas. Antoine... qui est-il ?"

Antoine commence à craindre que cette correspondance ne soit pas seulement un phénomène inexplicable, mais un acte dangereux. S'il influence le passé, d'autres peuvent le faire aussi et certains n'ont pas de bonnes intentions.

Une nuit, alors qu'il ferme la bibliothèque, il entend des pas résonner dans les couloirs.

Personne ne devrait être là.

En revenant à son bureau, il trouve une enveloppe glissée sous la porte. Une lettre à l'encre fraîche, mais sans cachet ni timbre.

Elle est signée : **M. N.**

"Vous ouvrez des portes que vous ne comprenez pas. Ce lien doit être rompu. Ou elle tombera dans l'oubli éternel."

Antoine comprend qu'il n'est plus le seul à lire les lettres.

Il doit aller plus loin.

Il cherche dans les vieux plans de la ville, dans les journaux d'époque, dans les récits oubliés.

Peu à peu, un motif se dessine.

Éléonore a vécu dans une maison qui n'existe plus, mais dont les fondations dorment sous le jardin d'une vieille maison... à quelques rues de la bibliothèque.

Il s'y rend, un soir, poussé par un instinct qu'il ne s'explique pas. Sous la terre humide, il retrouve une boîte de métal oxydé.

À l'intérieur, une photo d'Éléonore, une mèche de cheveux, et une dernière lettre.
Elle n'est pas datée.
Elle n'a jamais été envoyée.

"Je crois que je suis arrivée à la fin, Antoine. Le monde autour de moi devient flou. Mais je vous attends. Je le sens. Vous viendrez. D'une manière ou d'une autre, vous me retrouverez."

Et à cet instant, dans le silence du jardin, Antoine entend une voix, douce et tremblante, l'appeler par son prénom.
La voix disparaît aussi vite qu'elle est apparue, avalée par le vent.
Antoine reste figé un moment, la lettre dans les mains, le cœur battant.
Ce n'est pas un rêve.
Le lendemain, il retourne à la bibliothèque plus tôt que d'habitude.
Une idée l'obsède.
Les lettres sont un pont, un fil tendu à travers le temps.
Et quelqu'un d'autre l'emprunte.
Il relit toutes les lettres d'Éléonore.
Un détail revient, presque invisible, comme une note dissonante répétée.

L'homme en noir ne semble pas appartenir à son époque. Il a posé des questions sur "la bibliothèque municipale", alors qu'elle n'existait pas encore sous cette forme en 1902.

Il a évoqué l'électricité dans les rues, un sujet rare dans le petit bourg à cette époque.

Et surtout, Éléonore écrit :

"Il m'a demandé si j'avais reçu 'les messages'. Je ne savais pas ce qu'il voulait dire. Mais il parlait comme vous. Avec vos mots, vos expressions..."

Antoine commence à soupçonner l'impensable.

L'homme en noir est, lui aussi, un voyageur temporel.

Mais, contrairement à lui, il ne cherche pas à comprendre ni à aider.

Il veille.

Ou, il efface.

Il plonge alors dans les livres anciens, les traités oubliés, les textes ésotériques que conserve la bibliothèque dans ses sous-sols. Là, entre les lignes d'un manuscrit en latin du XVIIe siècle, il découvre une mention brève :

"Certains hommes sont les gardiens du fil. Ils veillent à ce que les nœuds temporels ne se nouent point trop fort. Ils portent du noir, car le Temps est leur ombre."

Un frisson le parcourt.
Le gardien du fil.
L'homme en noir.
Et puis, tout s'accélère.
Un soir, alors qu'il écrit dans son carnet, une bourrasque fait claquer les volets.
Une vibration traverse la pièce. Le vieux coffre s'ouvre seul, dans un craquement sourd.
À l'intérieur, une lettre qu'il n'a pas encore lue.
Elle n'est pas signée.
L'écriture n'est pas celle d'Éléonore.

"Antoine Mercier,
Vous avez dépassé les seuils. Ce lien entre vous et elle affaiblit les cloisons. Le passé vous appelle, mais vous n'y êtes pas encore invité. Vous êtes en train de devenir visible. Choisissez : abandonnez ou assumez. Demain, à minuit. La salle des globes. Venez seul."

Antoine hésite. Mais il sait déjà qu'il ira.

La nuit suivante, il descend dans la salle des globes, une pièce oubliée au fond de la bibliothèque, où dorment d'anciens instruments de navigation et des cartes célestes. La pendule au mur s'arrête pile à minuit. Un silence épais tombe.

Et l'homme en noir est là.

Il ne parle pas tout de suite.

Il le fixe.

Son visage est pâle, impassible.

On dirait qu'il a vu mille vies passer.

— Vous avez ouvert un passage, dit-il enfin. Les lettres sont des traces. Des échos. Mais vous, vous avez répondu. Ce n'est plus de la mémoire. C'est un passage.

— Pourquoi elle ? Pourquoi moi ? demande Antoine, d'une voix à peine audible.

L'homme incline la tête.

— Parce que vous n'êtes pas un simple lecteur. Vous êtes le lien. Elle vous attend, parce que vous êtes déjà venu. Vous ne vous souvenez pas encore.

Le sol se met à vibrer. Une carte ancienne, sur la table, se décolle lentement, révélant en dessous un cercle gravé dans le bois. Des symboles. Des constellations inversées.

— Vous avez choisi, murmure l'homme. Il est temps.

Et dans une lueur bleu pâle, le cercle s'illumine. Le monde se déchire sans violence.
La bibliothèque s'efface.
Antoine chute.
Ou, il est projeté.

Il se réveille sur une colline, au petit matin. Les chevaux hennissent non loin, un train de vapeur siffle au loin.
Et devant lui, une femme en robe longue le regarde avec une main sur le cœur.

— Antoine ?

C'est elle. Éléonore.
Et le fil du temps est en train de se réécrire.

Antoine se relève lentement, les jambes engourdies par le choc, le souffle court.
Tout semble d'une clarté inhabituelle.
 Les odeurs de terre, la lumière du matin, le chant des oiseaux. Ce n'est pas un rêve.
Le monde a changé.
Il est en 1902.
Éléonore s'avance vers lui, méfiante d'abord, puis submergée d'émotion. Elle le reconnaît, même si elle ne sait pas encore comment ni pourquoi.

— *Vous êtes réel... dit-elle à voix basse. Je vous ai tant écrit. Je pensais devenir folle.*
— *Moi aussi, murmure Antoine. Mais je suis venu. Pour vous.*

Ils se trouvent là, face à face, comme deux fragments de temps enfin réunis.
Et pourtant, quelque chose ne va pas.
Éléonore tremble. Elle jette des regards inquiets autour d'elle.

— Il sait que vous êtes ici maintenant. Il ne vous laissera pas me sauver.

Antoine comprend que le temps lui est compté.

La ville de 1902.

Antoine découvre une ville à la fois familière et étrangère. Les rues ont gardé leur tracé, les bâtiments ont des visages plus jeunes. Il reconnaît la maison où Éléonore loge chez une vieille tante malade.

Elle lui confie les derniers jours qu'elle a vécus. Les apparitions de l'homme en noir, les lettres retrouvées ouvertes, déplacées, comme si quelqu'un les lisait à son insu.

Elle sent qu'elle est surveillée.

Ils marchent à travers la ville. Antoine note tout, les noms, les lieux, les comportements. Il réalise qu'il a le pouvoir de modifier le cours de l'histoire, mais il ignore les conséquences.

Peut-il véritablement changer le passé ?

Où tout cela est-il déjà écrit ?

Une nuit, alors qu'ils cachent leurs lettres dans une boîte sous une dalle du jardin, l'homme en noir apparaît à nouveau.

Mais cette fois, il ne se contente pas de les observer.

— Vous êtes hors de votre ligne, Antoine, dit-il. Votre présence ici est une brèche. Vous n'êtes pas censé choisir.

— Je choisis quand je le veux, réplique Antoine, plus courageux qu'il ne l'aurait cru.

— Alors vous devez savoir ceci : toute vie sauvée a un prix. Si elle vit, quelqu'un devra disparaître.

Antoine doute.
Il pense à Éléonore.
Il pense à lui-même. Et il comprend ce que cela implique.
L'homme en noir n'est pas un ennemi.
Il est le gardien d'un équilibre cruel, mais nécessaire.
Et lui, Antoine, pourrait être celui qui doit payer.

Les jours suivants.

Antoine cherche un moyen de faire sortir Éléonore de la ville. Il découvre un cousin éloigné qui vit à Marseille, prêt à l'accueillir.
Un billet de train.
Un départ dans l'anonymat. Il fait tout pour lui donner une nouvelle vie.

Mais plus le départ approche, plus la réalité semble se rebeller.
Une nuit, Éléonore disparaît.
Antoine la retrouve dans un vieux théâtre abandonné, celui qu'elle aimait fréquenter en secret.
Elle lui tend une lettre.

— Je vous ai écrit cette dernière lettre avant que vous ne veniez. Elle est restée cachée. Lisez-la.

Antoine la lit.
Elle y parle d'un homme étrange venu la voir des mois plus tôt, un homme "qui connaissait Antoine Mercier et qui m'a dit de l'attendre "
Un homme qui lui a donné un nom.
Celui de son fils à naître.
Antoine pâlit.

— Qu'est-ce que ça veut dire ?
— Je ne sais pas encore, dit Éléonore en lui prenant la main. Mais je crois que notre histoire ne fait que commencer.

Et au loin, dans les ruines du théâtre, l'homme en noir regarde, silencieux.
Il ne bouge pas.

Il sourit faiblement.
Puis il disparaît.

La fuite.

Le jour du départ approche.
Antoine et Éléonore se font discrets.
Il lui a trouvé une fausse identité, préparé une valise simple, et caché l'argent récolté à travers quelques ventes discrètes d'objets « rapportés » du futur.
Mais l'atmosphère devient de plus en plus instable.
La réalité semble se fissurer autour d'eux. Un miroir se brise sans raison.
Des horloges tournent à l'envers.
Et certaines personnes, dans la rue, fixent Antoine comme s'ils le reconnaissaient, alors qu'ils ne devraient pas le connaître.
Le jour du départ, à l'aube, ils se retrouvent sur le quai de la petite gare.
Le train pour Marseille arrive en soufflant, les roues crissant sur les rails gelés. Éléonore serre la lettre d'adieu qu'elle a laissée pour sa tante.
Antoine monte avec elle.

Mais lorsqu'ils s'installent dans le compartiment, le train ne bouge pas.

Une silhouette en noir se tient au bout du wagon.

Il ne fait rien.

Il les regarde.

Et soudain, la gare autour d'eux se dissout.

Ils ne sont plus dans le train.

Ils sont de retour dans la salle des globes, à la bibliothèque.

Mais cette fois, Éléonore, aussi, est là.

Elle est toujours en robe d'époque, mais quelque chose a changé.

Le temps, autour d'eux, est flou, suspendu comme dans un rêve. Le cercle gravé dans le bois pulse d'une lumière douce.

— Tu n'as pas compris, dit l'homme en noir en regardant Antoine. Elle n'est pas revenue avec toi. C'est toi qui es resté avec elle. Vous êtes hors du temps, tous les deux.

Antoine se tourne vers Éléonore. Elle aussi semble le comprendre.

— Je ne suis plus en 1902 ?

— Non, dit l'homme en noir. Et elle non plus. Vous êtes dans l'Entre-deux. Vous avez forcé la main au temps. Et il vous a répondu en vous offrant une troisième voie.

— Quel genre de voie ? demande Antoine, méfiant.

— Un monde hors des lignes. Un espace fragile où votre histoire peut exister. Mais sachez-le : ici, vous serez seuls. Le monde vous oubliera.

Ils échangent un regard.
Est-ce un exil ?
Ou une seconde chance ?
Éléonore glisse sa main dans celle d'Antoine.

— Tant que tu es là, ce monde me suffit.

L'homme en noir les regarde une dernière fois.
Puis il prononce une phrase à voix basse :

— Chaque amour a son écho dans le fil du monde. Vous avez choisi le vôtre. Puissiez-vous en faire quelque chose de beau.

Et il disparaît.

Épilogue — Des années plus tard.

Un jeune étudiant feuillette de vieux manuscrits dans une salle rénovée de la bibliothèque municipale.
Il tombe sur un carnet relié de cuir, oublié dans un recoin d'étagère.
Sur la première page, il lit une inscription à l'encre noire :

« À celui qui cherchera.
Nous n'avons pas été un accident.
Nous avons été un détour du temps.
É. & A. »

Et, sur la dernière page, un dessin au crayon. Deux silhouettes, main dans la main, marchant à travers une bibliothèque sans fin, éclairée par une lumière qui ne vient d'aucun soleil connu.

X

LES CHANTS DU TEMPS"

Une nuit d'orage.
Deux hommes rêvent en même temps.
À 700 ans de distance, leurs regards se croisent dans le feu d'un chant inconnu. C'est une intelligence profonde, émouvante et intrigante. La mémoire qui traverse les siècles à travers les rêves, la musique, et une étrange correspondance d'âmes.

Paris est une ville en pleine transformation, oscillant entre son passé historique et les prémices de la modernité à la fois poétique et industrielle, intellectuelle et populaire, figés dans ses traditions.
Mais la cité est déjà tournée vers le futur.

Les années d'après-guerre ont laissé place aux Trente Glorieuses, période de croissance économique et de troubles.

La ville a gardé son charme intemporel avec ses bouquinistes le long de la Seine, ses cafés animés où intellectuels et artistes débattent encore comme au temps de Sartre et Beauvoir, et ses grands boulevards parcourus par les premières voitures populaires, comme la Citroën 2CV et la Renault Dauphine.

Les ouvriers et employés prennent le métro, où résonnent parfois les accords d'un accordéoniste ambulant. Dans les quartiers populaires, comme Belleville ou Ménilmontant, la vie reste modeste, avec des façades noires par la pollution et des cours intérieures où s'égoutte encore le linge des familles ouvrières.

À Saint-Germain-des-Prés, le jazz américain et la chanson de la rive gauche enchantent la jeunesse qui se presse dans les caves enfumées du quartier. Les yé-yés commencent à émerger avec leurs nouveaux airs entraînants.

Les Halles, encore surnommées « le ventre de Paris », grouillent d'activité aux premières heures du matin, avec leurs étals débordants de produits frais et leurs marchands en tablier blanc. Pendant ce temps, des chantiers transforment peu à peu le paysage urbain.

Les grands ensembles commencent à apparaître en banlieue, et la construction du périphérique amorce la métamorphose de la capitale vers une ville plus moderne et fonctionnelle.

Dans le cinéma, la Nouvelle Vague bouscule les codes avec des films comme" *À bout de souffle"* de Jean-Luc Godard, capturant sur pellicule la vitalité et l'insouciance de la jeunesse parisienne. L'élégance intemporelle des tailleurs cintrés, des robes à pois et des silhouettes épurées popularisées par Coco Chanel et Christian Dior a marqué la mode.

C'est dans ce cadre qu'Émile, un jeune compositeur et interprète, déambule dans les rues du Quartier latin, encore marquées par la patine du vieux Paris, avec ses façades décrépites et ses passages étroits, mais le quartier commence à changer.

*

Le Silence du studio.

Paris, octobre 2023.

Le silence.
Ce n'est pas celui que l'on trouve entre deux chansons ou à la fin d'un disque.
C'est un silence lourd, gluant, un vide qui avale toutes choses, même les idées.
Il vient ici chaque jour, pourtant, dans ce studio du 11e arrondissement, un peu désuet, avec ses murs tapissés de mousse acoustique et sa fenêtre sans vue, dans l'espoir que quelque chose vienne.
Une note.
Une phrase.
Un souffle.
Mais rien.
Émile, 28 ans, jeune auteur-compositeur-interprète parisien, erre dans un studio vide.
Puis il s'assoit devant son piano, les doigts suspendus au-dessus des touches comme un funambule sur un fil invisible.
Il n'a pas joué depuis des semaines.
En panne d'inspiration, depuis des mois, il ressent une faille s'ouvrir dans ses nuits.

Lui, le garçon qui écrivait une chanson en un après-midi, ne trouve plus une seule ligne honnête.

Tout sonnait faux.

Trop calculé.

Trop vide.

Il se lève, se dirige vers la console, allume par réflexe le vieux magnétophone à bandes qu'il aime tant. Il n'enregistre jamais dessus, mais il adore entendre le clac mécanique de l'appareil, comme une respiration rassurante.

Ce jour-là, le silence semble encore plus profond après ce son.

Il passe la main sur son visage, fatigué. Les nuits s'avèrent aussi pénibles que les jours. Depuis deux semaines, il fait des rêves étranges, précis, violents parfois. Des rêves, des mots anciens, des images de bataille l'assaillent.

Il se réveille chaque nuit avec des rêves vifs et anachroniques.

Il voit des scènes médiévales. Un champ de bataille, une lande embrumée, le frisson d'un arc bandé, la douleur d'une blessure. Des noms lui viennent en tête : *Poitiers*, *le Prince Noir*, *La Roche-Posay*.

Il voit des armures, de la boue, du sang.

Des hommes criant dans une langue qu'il ne parle pas... mais qu'il comprend.

Il se réveille souvent en sursaut, le cœur battant comme s'il avait couru.

Mais la nuit dernière, ce fut différent.

"Sous les nuées grises, un cri de cor. L'herbe avait pris une teinte rouge.
Des yeux le fixaient sous un casque de fer.
Il tendit la main vers lui. Il le voyait."
"Émile chantait. Mais ce n'était pas sa voix.
Il bandait son arc, mais pleurait.
Il avait froid. Était-ce la mort ?
Ou bien un souvenir trop ancien pour son corps ?"

Il avait vu un champ brumeux, des rangées d'hommes à genoux, un vent d'automne soufflant dans les herbes hautes. Et un regard.

Celui d'un homme, jeune encore, vêtu d'une tunique verte, un arc à la main.

Ce regard l'avait transpercé.

Pas de haine.

Pas de peur.

Juste... une immense solitude

Il commence à noter ses observations.

Des descriptions, des sensations..., et, surtout, des fragments de chansons qu'il avait entendus en rêve.

Il s'approcha du clavier.

Ses doigts, sans qu'il y pense, se posèrent sur trois touches.

Do. Ré. La.

Une simple progression. Mais une mélodie en naquit, fragile et triste. Comme une plainte ancienne. Il ferma les yeux, la laissa venir.

Puis, tout à coup, les mots surgirent.

L'ombre sur la plaine
Ne laisse pas de trace
Mais le vent se souvient
Des pas que l'on efface

Il compose, sans comprendre ce qui le pousse, une ballade étrange qui le bouleverse. Il s'interrompt, abasourdi. Il ne sait pas d'où ça venait.

Ce n'est pas lui.

Et pourtant... c'est parfaitement lui.

Une voix étrangère, familière. Comme si une mémoire ancienne venait de parler à travers ses lèvres.

Il note les paroles à la hâte, griffonne des accords, lance une prise sur son enregistreur numérique.

Il l'intitule : **"L'Ombre sur la Plaine"**

Il enregistre cette mélodie sortie d'un songe.
Sa voix tremble un peu, mais elle tient. La chanson s'impose, douce, indiscutable. En la chantant, il revoit ce regard.

L'archer.

Le champ.

La solitude.

Il ne comprend pas toutes les paroles, mais la mélodie lui semble "héritée", comme si elle l'habitait depuis toujours.

Comme l'eau s'échappant d'une vanne ouverte, il se met à écrire plusieurs chansons à la suite.

C'est une véritable inondation de création après des semaines de sécheresse.

Quand il a terminé, le silence revient.

Mais ce n'est plus le même.

Ses musiciens sont émus.

Elle fait penser à une complainte ancienne.

Il n'en a pas écrit les paroles.

Elles lui sont venues telles quelles.

À travers elle, un pont s'est établi.

Lequel, il l'ignore, mais il le ressent.

Sans le savoir, il vient d'ouvrir une porte.

La Marée d'archers.

Champagne, France. Septembre 1356.

William of Rye, archer anglais enrôlé dans la campagne militaire du Prince Noir, est un homme simple, marqué par la violence.
Il marche vers Poitiers.
Il sent un malaise grandir.
Avant la bataille de Poitiers, il commence à faire des rêves étranges, presque prophétiques.
Il voit une ville gigantesque qu'il ne connaît pas.
On la nomme Paris.
Ce n'est pas le Paris qu'il connaît : il y a des objets volants, des machines, et surtout... un jeune homme vêtu de noir dans cette ville lumineuse qui chante en le regardant fixement.
Il entend ces chansons qu'il ne comprend pas, des mélodies qui le hantent.
L'une d'elles parle d'un choix qu'il devra faire trahir ou sauver.
Il se met alors à écrire ces visions dans un petit carnet, ce qui est plutôt rare chez un homme de sa condition. Il y glisse aussi ses

propres vers, guidés par une force qu'il ne s'explique pas.

La pluie tombe en biais, giflant les visages, glissant sous les collerettes et dans les bottes gorgées.

William marche, courbé sous le poids de son sac et de son arc long, au milieu d'une colonne de soldats engloutis dans la boue. Tout le monde pu la laine mouillée, la peur et le vin tourné.

La campagne française s'étire à perte de vue, grise et hostile. Derrière chaque bosquet, ils s'attendent à une embuscade.

Mais ce jour-là, seuls les corbeaux semblent les suivre.

— On dit qu'on va vers Poitiers, grogne Alan, un jeune archer du Kent, en ajustant sa capuche.

— On dit aussi que le diable lui-même nous attend là-bas, réplique William, sans ciller.

Il marche avec une régularité mécanique, l'arc en travers du dos, les flèches à portée de main.

Son carquois pèse moins que d'ordinaire. Il a tiré la veille sur des éclaireurs, dans une escarmouche confuse au bord d'un ruisseau.

Il se souvient du son que la flèche a produit en heurtant l'homme.

Un ploc sourd, humide, presque intime.

Mais ce n'est pas cela qui le hante.

Ce qui l'inquiète, ce sont ces rêves qui, depuis quelques semaines, emplissent ces nuits et les choses étranges se produisent.

Des rêves.

Des visions.

Rien de religieux.

Il ne prenait plus rien depuis longtemps, même si sa mère, que Dieu ait son âme, l'a élevé dans la foi. Non, c'est autre chose.

Des images venues d'un monde qu'il ne connaît pas.

"Un feu de torches éclaire une scène sans roi.

Un homme tient un bâton magique qui parle.

Il chante comme un prêtre fou, mais les gens pleurent de joie."

"Des carrosses sans chevaux. Une tour de verre.

Et ce garçon vêtu comme un baladin moderne.

Il me regarde... et je me sens vu."

La nuit dernière, il s'est vu dans une pièce blanche, éclairée sans feu, face à un garçon étrange.

Cheveux noirs, vêtements bizarres, une boîte étrange à ses pieds.

Et il chantait.

Mais pas comme un ménestrel.

C'était... plus profond, plus pur.

Et une foule l'acclamait en scandant son nom ce chant : **"William"**.

Il s'était réveillé en sursaut, les doigts crispés sur son arc.

L'aurore se levait sur un ciel d'étain. Tout le monde avait l'air indifférent.

Il n'en parla à personne.

À quoi bon ?

Ils vont dire qu'il devient fou.

Ou pire qu'il est possédé.

Mais au fond de lui, il sait que ce rêve se distingue des autres.

Ce n'est pas un simple songe.

Il a bien vu ce garçon, ressenti ses pensées comme s'il les avait vécues.

Et surtout... il a reconnu les chansons.

Des mélodies qui vibrent encore dans son crâne, comme un fil tendu entre lui et l'autre.

« Je ne suis pas né ici,
Et pourtant, je tombe.

Avec l'écho d'une guerre,
Dans ma propre tombe. »
Ces paroles n'existaient pas encore.

Mais elles existent en lui.

Il ralentit le pas, le souffle court. Le vent lui apporte un murmure, presque inaudible.

Une voix, non, une sensation de voix. Quelqu'un chante dans le temps.

Et si ces visions ne relèvent pas de la fantaisie. Mais… une mémoire ?

Une correspondance ?

Il ne sait comment nommer cela.

Il n'a pas les mots.

Mais une chose est certaine, il n'est plus seul dans sa tête.

Et dans ce siècle de feu, cette pensée représente peut-être sa seule lueur.

William écrit en secret ses visions dans un petit carnet de cuir.

Il commence à transcrire ces vers qui lui viennent, d'un autre temps.

Dans l'une d'elles, il parle d'un *oiseau de métal* et d'un *homme aux cordes vocales d'argent.*

Les chansons qui existaient déjà.
Paris, novembre 2023.

Épuisé par ses efforts, il a besoin de prendre l'air.

Il part au hasard dans les rues de la capitale, sans but précis.

Dans une impasse qu'il ne peut pas identifier, il s'arrête devant une librairie.

Sans aucune raison particulière, il en pousse la porte.

Dès qu'Émile en franchit le seuil, il a l'impression d'entrer dans un sanctuaire.

Le silence y règne en maître, feutré, à peine troublé par le crissement d'une page tournée ou le grincement du parquet sous un pas discret. L'air sent la chaleur, il est chargé de l'odeur enveloppante du bois ciré, du vieux papier, du cuir usé, de la poussière tranquille. Cette poussière précieuse, déposée comme un voile de temps sur les reliures oubliées. Il ferme les yeux un instant, et déjà son rythme cardiaque ralentit.

Ici, le monde extérieur perd ses angles, ses urgences.

Ce parfum-là, il le connaît par cœur. Il l'associe à une paix rare, une suspension du monde.

Tout devient feutré.

Il erre lentement entre les rayons.

Ses doigts effleurent le dos des livres comme on frôle une nuque aimée, comme pour sentir l'âge, l'histoire.

Il ne cherche rien de précis, et c'est précisément là que réside son plaisir, dans l'errance, dans la promesse d'une trouvaille insoupçonnée.

Chaque volume qu'il tire de l'étagère semble lui parler en silence, lui offrir une fenêtre sur une époque, une idée, une voix disparue.

Intellectuellement, Émile est stimulé, presque électrisé.

Une phrase, une tournure oubliée, une édition rare, tout peut servir d'émerveillement. Son esprit s'emballe, établit des liens, imagine des dialogues entre des auteurs qui ne se sont jamais croisés. Il se sent agrandi, comme si son propre corps et son mental gagnaient en volume.

Mais il y a aussi ce plaisir physique, profond, presque animal.

La texture du papier sous ses doigts, le craquement discret d'une couverture qui s'ouvre pour la première fois depuis des années, le poids rassurant d'un ouvrage qu'il serre contre lui, comme une promesse tenue.

Il se détend, ses épaules se relâchent, son souffle devient plus ample. Il pourrait passer des heures là, à flâner, s'asseoir sur un vieux fauteuil en cuir fatigué, tourner les pages comme on remonte le temps.

Il farfouille ici et là sans buts précis, lorsque son regard se pose sur une étagère penchée, presque cachée derrière une pile de volumes d'histoire médiévale.

Il s'en approche, pousse doucement un gros livre à la couverture de toile roussie par le soleil.

Le geste semble insignifiant, mais ce qu'il découvre derrière arrête net son souffle.

Un morceau de parchemin jaunit, sans titre, coincé entre deux ouvrages massifs.

Il le prend avec précaution, comme un objet fragile, et l'ouvre du bout des doigts.

Émile reste interdit, bouche bée.

Dessus des vers qu'il connaît déjà.

Il le reconnaît.

Ce sont ceux de ses rêves.

Il panique.

L'écriture manuscrite, dense, nerveuse, saute à ses yeux.

Une date 1356.

Et un nom, griffonné ici et là, William.

Une sorte de frisson remonte sa colonne.

Il ne saurait dire pourquoi, mais il sent que ce document lui parle.

Il ressent une réaction viscérale.

Intimement.

Quelque chose au fond de lui se réveille, une tension familière, obscure, presque troublante.

C'est comme si, ce n'était pas la première fois qu'il posait les yeux dessus.

Son sang se glace.

Trois de ses chansons correspondent mot pour mot aux poèmes laissés par ce William.

Il découvre que ce qu'il croyait avoir écrit est presque mot pour mot ce qui est écrit sur le manuscrit, vieux de 700 ans.

Il comprend qu'il les a reçues plutôt que créées, ces paroles qu'il croit, avoir écrites.

Au dos du palimpseste, il en découvre une autre : **"Les cendres du Roi"**, pleine de détails historiques.

« Ils l'ont brûlé sans feu
Tué sans lame
Le roi sans couronne
Était déjà en flammes

Je crie dans les siècles
Mais qui m'écoute ?
Toi, chanteur des brumes
Tu portes mon doute. »

Il écoute sa version orchestrale, avec des tambours lents et des cordes tragiques.

Puis, il découvre les autres.

Ce sont bien les paroles des chansons qu'il vient d'enregistrer sur un fichier audio s'appelle simplement :

« Maquette-version v1 ».

Son regard glisse autour de lui.

Personne ne l'observe.

Il glisse le document entre les pages du vieux livre d'histoire, comme on occulte une peccadille délictueuse et mette un voile pudique sur une babiole volée.

Il avance vers le comptoir, l'ouvrage dans les bras, le cœur battant, comme un adolescent pris en faute.

Le libraire lève à peine les yeux, scanne le code, encaisse et lui souhaite une bonne journée.

Une fois dehors, Émile serre le livre contre lui, et marche sans trop savoir où aller.

Il n'a pas volé ce carnet.

Non, il le sait, au fond.

Cette pièce lui appartient.

Il se trouve dans l'impossibilité de l'expliquer, mais il n'a aucun doute.

Il l'a retrouvé, voilà tout.

Il nourrit aussi quelque chose de plus secret, de plus viscéral, il a le sentiment d'avoir été, l'espace d'un moment, à sa place exacte dans le monde.

Émile avait enregistré ses compositions la veille, à la volée, sans penser à les nommer vraiment.

Comme s'il n'avait pas osé.

Ce matin-là, en rallumant son ordinateur, il hésite plusieurs minutes avant de cliquer sur la touche lecture.

Et quand les premières notes résonnent, il ressent un frisson, presque un vertige.

« L'ombre sur la plaine » dans un style folk électro, voix nue, guitare, plus nappe synthé.

L'ombre sur la plaine
Ne laisse pas de trace
Mais le vent se souvient
Des pas que l'on efface
Le feu dans les collines
S'éteint sans adieu

Et mon nom s'incline
Sous des cieux silencieux
Je ne suis pas né ici
Et pourtant, je tombe
Avec l'écho d'une guerre
Dans ma propre tombe
Qui me pleure, qui me rêve
Dans quel siècle, dans quelle grève ?
Est-ce moi qu'on appelle
Ou juste une ritournelle ?

C'est bien sa voix.
Sa guitare.
Mais il ne reconnaît rien de ce qu'il a joué.
Pas intellectuellement du moins.
Mais son corps, lui, s'en souvient.
Il réécoute trois fois de suite les paroles qu'il
a chantées en une seule prise, comme en
transe. Puis il les imprime sur une feuille.
Il ne les retouche pas.
Il n'y a pas de corrections à apporter.

Émile repose la feuille. Il a l'impression de
trahir quelque chose en l'imprimant.
Comme si ces mots ne venaient pas vraiment
de lui.
L'après-midi, il invite Raphaël, son "ingé" du
son, à passer au studio.

Ce dernier s'installe dans un fauteuil en cuir élimé, les yeux cernés de nuits passées à mixer de l'électro expérimentale.

— Je vais te faire écouter quelque chose.

— T'as recommencé à écrire ? demande-t-il, un sourcil levé.

— Plus ou moins. Mais... C'est bizarre.

Émile lança la piste.

Pendant tout le défilement de la bande, Raphaël ne bouge pas. Il ne tapote pas son pied. Il ne fronce pas les sourcils comme d'habitude.

Il écoute.

Vraiment.

Puis il souffle :

— Où t'as trouvé ces mélodies ?

— Je... je sais pas. Je crois que j'ai rêvé ça.

— Non, mais sérieux. Les harmonies là, le changement de mode au troisième couplet..., c'est médiéval ou je ne sais pas quoi.

T'as samplé[6] un truc ancien ?

Émile secoue la tête.

Raphaël se redresse, tendu.

---

[6] En musique, sampler est la traduction d'échantillon en anglais. Le sampling est une technique créative basée sur l'utilisation d'extraits sonores préexistants récupérés au sein d'un enregistrement préexistant de toute nature et sorti de son afin de créer une nouvelle composition.

— Mec. On dirait une chanson fantôme. Comme un air qui se serait perdu dans le temps et qui revient d'un coup.

— C'est exactement ça, murmure Émile.

Un silence.

Puis, comme pour alléger l'ambiance :

— Tu vas les jouer au concert de janvier ?

— Je ne sais pas encore. Je crois que ces chansons..., elles ne m'appartiennent pas vraiment.

Émile reste seul après le départ de son ami. Il s'assoit dans le noir, la guitare sur les genoux.

Les doigts posés sur les cordes.

Quelque chose l'appelle.

Depuis l'autre côté du temps.

Pas un fantôme.

Pas un esprit.

Quelqu'un.

Quelqu'un de bien vivant.

Et il a l'étrange conviction que ce "quelqu'un" entend aussi sa voix.

Visions et mots brûlés.
Sud du Poitou, veille de la bataille.
Septembre 1356.

La pluie a cessé, mais le sol pue encore la chair humide.

On a installé le campement sur une légère hauteur, à l'orée d'un petit bois, pour guetter les mouvements de l'armée française.

William est assis un peu à l'écart des autres. Le feu de camp, plus loin, jette des lueurs rougeâtres sur les figures creusées de ses compagnons.

Certains boivent.

D'autres récitent des prières, des litanies pour les vivants comme pour les morts à venir.

Lui, il ne parle pas.

Il a volé un fragment de parchemin sur un moine mort quelques jours plus tôt. Un vieux bout noirci, froissé, sur lequel il a déjà gribouillé des notes en phonétique. Des mots qui ne viennent pas de lui.

Ce soir-là, les mots reviennent.

« Ne laisse pas de trace.

Mais le vent se souvient. »

Il les a entendus, oui.

Mais pas de la bouche d'un homme. Pas dans ce monde.

Il ne peut l'expliquer. Il a vu, dans une brume étrange, un garçon penché sur une guitare.

Le mot lui est venu spontanément : guitare.

Il ne connaît pas la chose, mais c'est juste.

Et ce garçon chante.

Lentement, William prend un charbon du feu, le frotte contre la pierre et l'utilise pour écrire.

Le charbon crisse sur la surface, trop rugueuse.

Il relit, sans comprendre.

Les sons possèdent une beauté simple et étrange, une mélodie sourde.

Il aurait juré pouvoir les chanter, s'il avait encore eu la foi de s'y atteler.

Mais il n'est pas un chanteur.

Il est un soldat.

Un tueur avec une corde et du bois.

Et pourtant, il sent au fond de lui que ces chansons, cette mémoire, contiennent la réponse. Comme si un autre lui-même, très loin dans l'avenir, se battait aussi pour comprendre.

Il glisse le parchemin sous sa tunique, contre son cœur.

Il ferme les yeux.

Et cette nuit-là, il rêve.

Dans son rêve, il se tient dans une pièce aux murs couverts de disques et de posters. Un jeune homme, le même que dans les autres visions, chante doucement, les yeux fermés. Une machine, qu'il ne connaît pas, tourne derrière lui, capturant chaque son.
Mais cette fois, le garçon lève les yeux.
Et il le voit, lui, William.

— Tu m'entends ? demanda-t-il.
William veut répondre.
Sa gorge brûle.
Les mots sont présents, mais pris dans un nœud de siècles.

— Qui es-tu ?, demande-t-il enfin, sans savoir s'il doit parler en anglais, en français ou dans cette langue étrange qui semble n'appartenir à aucun temps.
Le garçon le fixe, bouleversé.

— Je crois... que je suis toi.
William se réveille en sursaut.
Le feu s'est éteint. La nuit s'étend, sans lune.
Mais le parchemin contre sa poitrine brûle, comme s'il avait absorbé les braises de ce rêve impossible.

L'Archiviste et la chanson perdue.

Paris, décembre 2023.

Il a neigé la veille.

Paris perd de son charme sous la neige, pas comme dans les films, mais Émile aime ça.

Ça étouffe les bruits, comme une couverture sur un monde trop nerveux.

Il marche vite, les mains dans les poches, son enregistreur numérique dans la poche intérieure de son manteau.

Il a une idée fixe en tête, née d'un hasard étrange.

Une semaine plus tôt, après avoir mis un extrait de **"L'Ombre sur la Plaine"** sur une plateforme confidentielle, il a reçu un étrange message.

"Votre chanson comporte des tournures mélodiques très proches de certaines pièces notées au XIVe siècle. En particulier un fragment anonyme d'origine anglaise, conservé dans les manuscrits de Saint-Marcel. Je suis archiviste. Si cela vous intéresse, je peux vous montrer."
Signé : C. Delmas.

Il n'a pas répondu tout de suite.

Mais depuis, les rêves ont repris.

Plus vifs. Plus troublants.

Et cette impression croissante que sa chanson… *n'est pas née en lui.*

Alors, il a fini par répondre au message de l'archiviste.

Et ce matin-là, il descend les escaliers d'un bâtiment discret du Quartier latin, guidé par la promesse d'un écho oublié.

Au sous-sol, l'odeur de papier ancien m'assaille. La lumière, tamisée. Une femme l'attend, silhouette fine, cheveux relevés, lunettes rondes.

— Émile Sorel ?

— Oui. Vous êtes Claire Delmas ?

—Appelez-moi Claire. Venez.

Elle l'entraîne à travers une salle basse, remplie d'étagères métalliques. Elle semble plus jeune que sa voix.

Et plus jeune, aussi.

— Vous allez trouver ça bizarre, reprit-elle en marchant, mais ce n'est pas la première fois que quelqu'un m'apporte une chanson qui… réveille un souvenir ancien. Mais là, ce que vous avez chanté…, c'est presque un miroir.

Ils s'arrêtent devant une table.

Claire dépose un fac-similé relié de parchemins jaunis. Elle l'ouvre à une page marquée d'un ruban rouge.

— Ceci est un fragment anonyme, probablement d'origine anglaise. Ramené à l'abbaye de Saint-Marcel par un moine lettré vers 1370. On y trouve une série de notations musicales rudimentaires... mais écoutez ça.

Elle sort une tablette, met des écouteurs, puis les tend à Émile.

Il écoute.

C'est brut.

Un enregistrement d'ensemble vocal médiéval, avec voix d'hommes chantant une ligne plane, presque flottante.

Mais au cœur de cette ligne... une phrase.

"Ne laisse pas de trace/Mais le vent se souvient."

Le choc se produit sur le plan physique. Il retire les écouteurs d'un coup.

— C'est impossible. C'est mot pour mot ce que j'ai écrit.

— Non, pas ce que vous avez écrit, mais ce que vous avez *reçu*, corrige Claire.

Vous savez le sens de cette expression ?

Émile hoche la tête, mais ne dit rien.

Claire baisse la voix.

— Je pense que vous avez réveillé une mémoire.

Pas la vôtre.

Une mémoire emprisonnée dans le temps. Et cette chanson pourrait révéler un épisode oublié de l'Histoire.

— Quel genre d'épisode ?

Claire sort un dossier, très épais, et très poussiéreux.

— Qu'est-ce que c'est ?

— Le témoignage d'un archer anglais. Jamais publié. Conservé sous forme de fragments, dans une langue bâtarde, proche du normand. Il parle d'un rêveur. D'un chantre de l'avenir. Et d'un combat qui ne s'est jamais écrit dans les livres.

Quand Émile sort de l'archive, le soleil d'hiver est bas. Il traverse le jardin en silence, les mains tremblantes.

Il vient de comprendre quelque chose.

Les chansons constituent plus que de simples inspirations.

C'est un message.

Un appel lancé à travers les siècles. Et il vient à peine d'en lire la première ligne.

*

Le nom effacé.

*Camp anglais, près de Poitiers —
18 septembre 1356, à l'aube*.

Le vent a changé.
Le ciel s'est ouvert dans la nuit.
Pas une étoile.
C'était juste, une blancheur sale qui semblait
indiquer la fin de quelque chose.
Une attente.
Une vie.
William le sent dès qu'il se lève, bien avant le
soleil.
L'air semble chargé d'une mémoire
étrangère, comme si le monde retenait son
souffle avant une déchirure.
Autour de lui, les archers s'éveillent à peine.
Certains prient, d'autres boivent pour tenir.
Le vacarme habituel du camp se tait peu à
peu.
Le silence de la peur s'installe.

William ajuste sa brigandine, lentement.
Autour de lui, les autres archers se préparent
dans un silence nerveux. Les flèches taillées
la veille dorment dans leur carquois comme
des serpents enroulés.

Mais lui n'a pas dormi.

Car, cette nuit-là, il a entendu sa voix.

Encore.

Pas dans un rêve, non, cette fois c'était éveillé.

Un chant porté par le vent, dans une langue inconnue et pourtant intime.

"Est-ce moi qu'on appelle/ou, juste, une ritournelle..."

Il ne connaît pas les ritournelles, mais ces mots l'ont saisi à la gorge.

Il les a répétés en silence, la bouche entrouverte, comme une prière étrangère.

Quelqu'un le regarde depuis l'autre côté. Cette présence et ce lien le rendent incapable de tirer sa corde.

À l'orée du camp, un officier passe à cheval, haranguant les hommes.

Le Prince Noir veut frapper vite.

Le roi de France approche avec une armée trois fois plus nombreuse.

L'heure est au pragmatisme.

Mais William tient dans la main gauche un objet qu'il n'aurait pas dû posséder : un petit carnet de cuir, retrouvé près d'un corps gascon, contenant quelques lignes étranges.

Ce n'est pas du latin.

Ni du français.

Ni même de l'anglais de son temps.

Mais là encore, les mots lui parlent comme s'ils venaient d'une autre chair.

"Ce que je chante m'échappe.

Ce que je vis me revient.

J'ai vu son visage dans l'eau d'une autre époque."

Il serre le carnet contre lui.

Quelque chose se forme dans son esprit.

Pas une idée.

Une possibilité.

Et il sut, sans l'ombre d'un doute, que la bataille marquerait un tournant.

Il pourrait s'en aller.

Abandonner son poste.

Disparaître dans la forêt.

Personne ne retiendrait un archer de plus ou de moins.

Le chaos ferait le reste.

Mais ce n'est pas la peur qui l'habite. C'est une volonté étrangère, ancienne, enracinée dans ce chant qui le hante. Une volonté de vivre autre chose. De reprendre possession de son nom.

Il s'écarte des autres, la main sur le carnet. Il marche en direction de l'orée du bois, là où le vent danse dans les feuilles mortes.

Et là, il prononce tout haut un mot qu'il ne comprend pas, mais qu'il a entendu dans ses rêves. Il le murmure comme une incantation.

— Émile.

Une vibration le traverse. Les arbres frémissent. Un silence habité règne, sans écho.

Et alors, pour la première fois, il comprend.

On lui a peut-être donné le nom de William, qui n'est peut-être pas le sien.

Il en porte un autre, plus ancien ou plus lointain.

Ou plus tardif.

Un nom qu'un autre lui prête depuis une autre vie.

Il glisse le carnet sous sa tunique et, d'un pas calme, tourne le dos au camp.

Il ne tirerait pas aujourd'hui.

Il marcherait vers la voix.

Vers l'homme qui chante son passé à travers l'avenir.

Dans sa fuite, William est blessé après avoir sauvé des innocents.

Sur le point de mourir, il a une dernière vision.

La chanson d'Émile, interprétée dans un théâtre moderne.

Il sourit.

Mais William, lui, ne pense pas à la mort.

Il pense à une chanson.

Cette voix.

Elle le hante depuis des nuits.

Elle vient d'un autre monde, d'un temps futur, et murmure des mots qu'il comprend sans les connaître.

Il les écrivait en cachette, sur les rebuts de parchemin volés, les bouts de cuir, ou même sa propre peau.

"Le vent n'a pas d'âge/mais il parle si tu l'écoutes..."

Il se souvient de ces mots. Il les sent gravés dans ses os.

Et la nuit dernière, il a vu le jeune homme à nouveau, le même que dans ses rêves.

Il chantait dans une pièce baignée de lumière blanche, étrange. Un instrument aux cordes longues sur les genoux, mais sa voix qui ne portait aucune armure blessait plus que les flèches.

Et ce nom. Encore.

— Émile... souffle-t-il.

Le mot n'appartient à aucun monde connu.

Mais c'est le sien, il le sait. Comme une clé qui ouvre autre chose que la guerre. Autre chose que la survie.

Et à cet instant précis, il comprend.

Ce n'est pas lui qui rêve d'un autre. Ce sont deux hommes qui rêvent ensemble, à travers le même souffle, la même chanson.

William, dans le passé, a sauvé une jeune archère accusée de trahison. Elle lui a parlé d'ancêtres qui entendent des voix d'un autre temps. Il décide de ne pas participer au massacre de civils prévu après Poitiers.
Il marche seul jusqu'au bord du camp, son arc à l'épaule, ses pas légers sur la terre humide.
Il pouvait fuir.
Devenir un déserteur.
Un traître.
Un vivant.
Il veut marcher vers ce qui l'appelle.
La mémoire d'un futur, la vérité d'un oubli.
Alors il s'arrête, juste avant d'atteindre les arbres. Et pour la première fois, il parle à haute voix, non pas à Dieu, ni à un roi, mais à celui qui l'habite depuis des semaines.
— Si tu m'entends..., chante encore. Je vais te suivre.
Et il disparut dans le bois.

Ce que le vent n'a pas effacé.

Paris, janvier 2024.

Les studios de la rue Buffon se trouvent dans le calme.
Trop calmes pour ce jour-là.
Émile vient d'achever le mixage final de son EP.
 Le dernier titre **"Le Vent sans nom** », il n'avait pas prévu d'enregistrer.
On lui a dicté chaque mot de la chanson dans un demi-sommeil, surgi comme d'un autre corps.
Il l'écoute une dernière fois tout en grattant sa guitare doucement. Puis les paroles, dites comme un murmure brûlé :

"Je ne sais plus où je suis né
Ni en quelle langue je rêve
Mais ton nom m'a traversé
Comme un vent qu'on crève"
Et au dernier refrain, sa voix tremble.
"Tu as tiré la corde/Moi j'ai tendu le fil
Nous étions sur la même longueur d'onde...
/Dans deux siècles en exil... »
Quand le morceau se termine, personne ne parle dans la pièce.

Debout au fond, Claire Delmas, les yeux humides, s'approche.

Elle pose sur la table une pochette en cuir, noircie par le temps.

— Ce carnet..., je l'ai retrouvé. Il provient des archives d'Albret, près de l'ancien champ de bataille. On le croyait perdu. Quelqu'un l'a oublié dans une collection privée.

Regarde ce que ça contient.

Elle ouvrit à la première page.

Un mot.

"Pour Émile."

Émile ne dit rien.

Il tourne la page.

Et là, il lit sa chanson, ligne après ligne, en langue ancienne.

Écrite avec des mots qu'il n'a jamais appris. Des mots qui sont venus seuls, comme si je les avais dictés.

Sa main tremble.

— C'est lui, murmure-t-il. C'est... nous.

Claire hoche la tête. Nous avons dissipé tout doute.

Le lien existe.

Le temps a parlé en musique.

Le passé a laissé une empreinte, non pas dans les livres, mais dans le souffle d'une voix.

Et cette voix... est revenue à lui.

"Ce que le vent n'a pas effacé/le chant le portera."

Sa chanson provoque une réaction inattendue lors d'un concert.

Des détails inconnus du grand public qui correspondent à une version alternative de la bataille de Poitiers frappent un historien présent dans la salle. Ils concernent notamment l'existence d'un complot pour faire tomber le Prince Noir par des factions anglaises elles-mêmes. Ce détail ne figure dans aucune chronique officielle.

Une enquête est lancée

Émile reçoit une lettre d'un archiviste. William of Rye a réellement existé.

On retrouve des éléments dans les archives. Le nom de William of Rye, mentionné brièvement comme disparu mystérieusement après la bataille, et que l'on soupçonne de trahison.

Mais dans une lettre égarée, on découvre qu'il a en réalité permis à des civils de fuir un massacre.

Son action a sauvé des vies.

Émile écrit une dernière chanson, **"Deux Flèches, un Cœur"**, en hommage à William.
Enfin, le passé est réparé.

La chanson devint alors un acte de réhabilitation.
L'histoire fit la une. William fut reconnu comme un héros oublié.
Émile comprit alors qu'il devait faire revivre cette mémoire.

Un Final en Écho.

Dans un rêve final, les deux hommes se virent, non plus à travers des images floues, mais face à face.
William lui dit simplement :
— Tu as chanté ce que je n'ai pas réussi à dire. *Merci."*
Émile lui répond :
— Tu m'as fait découvrir comment écrire. »

Ils disparurent l'un dans l'autre, et la chanson finale d'Émile, **"Deux flèches, un cœur"**, devint le lien définitif entre passé et présent.

Deux flèches, un cœur, acoustique, duo voix-piano, montée lyrique.

« Deux vies lancées dans la même arcure,
Deux âmes que les siècles n'usent pas.
Un cœur, deux flèches, une blessure,
Et le chant qui jamais ne s'effacera. »